Pourquoi le crapaud chante la nuit ?

Contes songhaï du Burkina Faso

La Légende Des Mondes
Collection dirigée par Isabelle Cadoré, Denis Rolland, Joëlle et Marcelle Chassin

Dernières parutions

Maïa VARSIMASHVILI-RAPHAEL, *Le chat et le tigre. Contes de Géorgie*, 2011.
Jean-Claude RENOUX et Chu Thi Huyên Linh, *Le roi et la poule rouge (bilingue français-vietnamien)*, 2011.
Georges MAVOUBA-SOKATE, *N'Dandu le vieux pêcheur et l'enfant du fleuve. Contes du royaume de Kongo*, 2011.
Oumar Abderrahmane DIALLO, *Barowal le cheval sacré*, 2011.
France VERRIER, *Le château entre ciel et terre. Contes populaires serbes*, 2011.
Anastasia ORTENZIO, *Ourson et les Narecnizi*, 2011.
Yves Junior NGUANGUÉ, *M'pessa et Jengu la déesse des eaux*, 2011.
Abubakar KATEREGGA et Télesphore NGARAMBE, *La flûte de Kanyamasyo*, 2010.
Youcef ALLIOUI, *Les chasseurs de lumière. Contes et mythes kabyles, bilingue berbère-français*, 2010.
Denis DJOULDE, *Lézard et caméléon, contes dii du Cameroun*, 2010.
Abdelaziz Baraka SAKIN, Xavier LUFFIN (traducteur), *Faris Bilala et le lion, conte du Darfour-Soudan, trilingue arabe-français-anglais*, 2010.
Dingamtoudji MAIKOUBOU, *Su et Njaamgodo, contes ngambayes du Tchad*, 2010.
Samafou Diguilou BONDONG, *Le singe et le caïman, contes Tchiré du Tchad*, 2010.
Nathalie ZOGHAIB, *La fille aux cendres. Contes du Liban*, 2010.
Lamia BAESHEN (trad. de Kadria Awad), *Youssef et le palais des chagrins. Contes d'Arabie saoudite*, 2010.
Youcef ALLIOUI, *Sagesses de l'olivier. Contes kabyles. Bilingue berbère-français*, 2009.
Alexis ALLAH, *Caméléon l'artiste d'Ahoussoukro. Contes baoulé de Côte d'Ivoire*, 2009.
Arriz TAMZA, *Les sept perles du souk*, 2009.

SAABU-France
Pour l'éducation et la diversité culturelle

Pourquoi le crapaud chante la nuit ?

Contes songhaï du Burkina Faso

L'Harmattan

© L'Harmattan, 2012
5-7, rue de l'Ecole-Polytechnique, 75005 Paris

http://www.librairieharmattan.com
diffusion.harmattan@wanadoo.fr
harmattan1@wanadoo.fr

ISBN : 978-2-296-96111-1
EAN : 9782296961111

L'association SAABU soutient l'alphabétisation et participe à la sauvegarde de la culture orale dans les villages songhaï du Burkina Faso.

Les droits de ce livre seront reversés pour aider à ce projet.

Sommaire

Introduction	11
Célébrité du savoir	15
Comment la mort est apparue	17
Koumbo *(La leçon aux jeunes filles mariées)*	19
L'éléphant, le chien et l'araignée	27
L'incompréhension dialectale	31
La femme qui ne sait pas garder un secret	35
Fatoumata *(La patience paie)*	39
La calomnie	49
L'excès de confiance	53
Les deux rêves de l'hyène	55
L'homme au cœur pur	57
Tabey le Lièvre, Koro l'Hyène et le Baobab	63
Le marabout et ses trois épouses	67
Le champ de haricots	81
Pourquoi le crapaud chante la nuit ?	85
Question embarrassante	89
L'argent n'achète pas la sérénité	95
La mare qui voulait devenir une rivière	97
Ruses de femmes	101
Remerciements	107

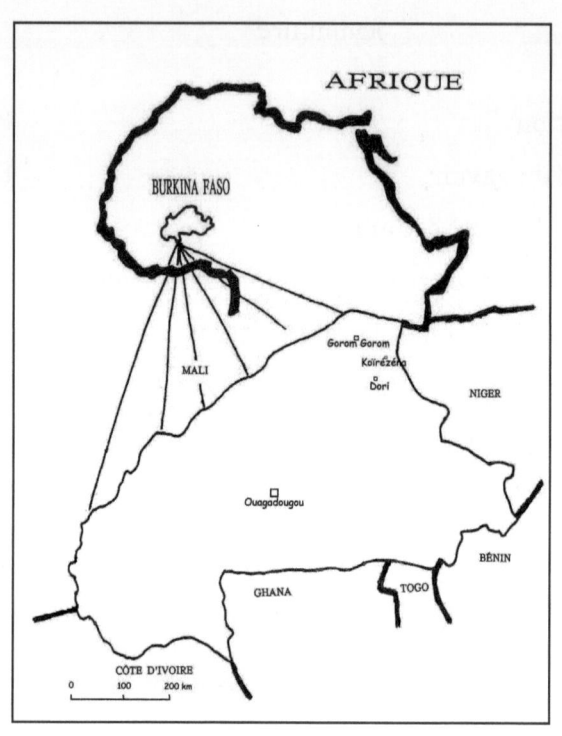

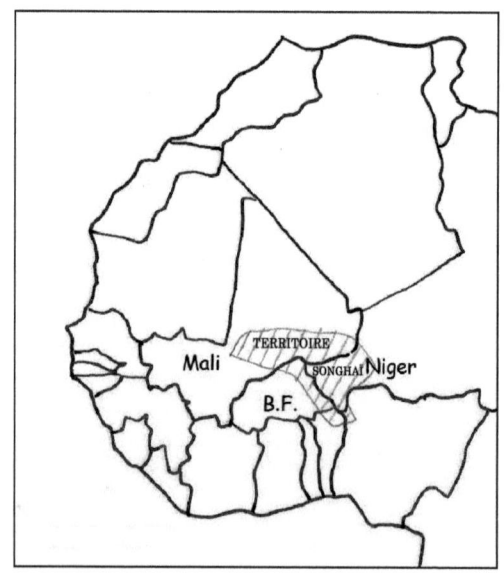

Introduction

Le conte est une parole vivante et vagabonde qui ne connaît pas de frontières. Pour reprendre les termes employés par Alexandre Vialatte, « un conte, c'est une boule sans marque, comme un œuf d'oiseau, comme une graine de fleur de pré. S'il est bon, il doit pouvoir rouler et venir n'importe où ».

L'association SAABU-France a été créée par d'anciens voyageurs de Tourisme et Développement Solidaires pour soutenir l'action d'alphabétiseurs réunis en association.

L'association SAABU-Koïrézéna organise des sessions d'alphabétisation en langue songhaï dans des villages du nord-est du Burkina Faso, dans la zone sahélienne. Koïrézéna est un village songhaï situé entre Gorom-Gorom et Dori.

Les Songhaï sont un peuple métissé, implanté actuellement dans la zone sahélienne, aux confins des frontières du Mali, du Niger et du Burkina Faso.

Historiquement, les Songhaï se sont installés au Mali au VIIème siècle dans le bassin du fleuve Niger. Ils étaient divisés en trois groupes qui ne cessaient de se faire la guerre : les Sorko pêcheurs « maîtres des eaux », qui étaient les plus puissants, les Do agriculteurs et éleveurs « maîtres de la terre » et les chasseurs. Au XIème siècle, des Berbères venus du nord, fuyant les persécutions arabes, se fixèrent chez les Do, fondant ainsi la dynastie Dia. Les Dia chassèrent les Songhaï pêcheurs qui remontèrent le fleuve Niger à la recherche de nouveaux territoires, fondèrent la ville de Gao, puis durent encore se retirer jusque vers ce qui est maintenant le Burkina Faso. Du XIème au XVème siècle, l'Empire songhaï s'est étendu entre le Niger, le Mali et une partie de la Guinée et du Sénégal actuels, devenant la plus importante puissance commerciale de la région. Les règnes de Soni Ali (1464-1492) et de Mohamed Askia (1493-1528) en marquent l'apogée. L'Empire s'effondra à la suite d'une bataille contre les Marocains en 1591.

Actuellement, les Songhaï du Burkina Faso sont installés dans des villages, isolés de leurs origines maliennes et nigériennes, et ils ont développé une langue et une culture propres. La zone sahélienne dans laquelle ils vivent est essentiellement peuplée de Peuhls et de Touaregs nomades et grands éleveurs de bétail.

Les Songhaï sont sédentaires et agriculteurs, musulmans, tout en gardant un attachement très fort à la religion traditionnelle animiste.

L'association SAABU veut participer à la sauvegarde de la culture orale songhaï, langue très minoritaire au Burkina Faso, en alphabétisant et en recueillant contes et traditions en songhaï.

Les alphabétiseurs et leurs stagiaires ont recueilli des contes en songhaï, puis les ont traduits en français dans un mot à mot studieux. Avec l'appui de SAABU-France, des livrets bilingues songhaï-français (le français est la langue officielle au Burkina Faso) ont été produits, mis aux programmes d'alphabétisation et vendus aux voyageurs fréquentant le village d'accueil TDS de Koïrézéna.

Ces textes recueillis et traduits littéralement donnent des récits parfois difficiles à comprendre et dont la saveur échappe aux lecteurs français, ce qui nous a semblé très regrettable.

Nous avons donc voulu passer de ces textes « traduits bruts » à de véritables contes écrits, forts de ce que nous dit Henri Pourrat quand il explique comment il a travaillé à partir de récits d'anciens en Auvergne pour en faire son *Trésor des Contes* :

« C'est une bonne fortune que d'écrire sous la dictée d'un conteur qui a le don. Mais quand ils vous arrivent tout aplatis et desséchés, il faut essayer de leur rendre sève et vie en leur laissant recouvrer leur fraîcheur à la source qui sourd dans l'herbe. Le problème, et qui n'est point facile, est de n'ajouter rien, sinon des touches tirées de la grande imagination populaire. »

Nous avons mené ce travail en collaboration avec l'association *Écrire en pays* qui organise des ateliers d'écriture. Nous avons également sollicité des amis intéressés par la culture africaine.

Nous avons soumis nos textes aux alphabétiseurs de Koïrézéna dans le souci de vérifier que nous étions bien restés dans l'esprit de ce qui continue de se raconter encore dans les cours des concessions, à la nuit, lorsque la fraîcheur et l'obscurité se sont installées…

Danielle Fayet, vice-présidente de SAABU-France

Célébrité du savoir

Trois élèves en sortant de l'école décident d'aller rendre visite à leur marabout. En route, ils voient dans un champ un arbre chargé de fruits bien mûrs. L'un d'entre eux émet le désir de manger tous ces fruits. Ses compagnons l'en dissuadent.

Plus loin, ils rencontrent un bélier bien en chair. Le deuxième des élèves s'empresse de dire qu'il aimerait bien manger cette bonne viande. Il en est lui aussi découragé.

À l'entrée du village, ils voient une jeune fille d'une beauté incomparable. Le troisième élève ne résiste pas et dit qu'il souhaite dormir avec elle. Mais les deux autres l'incitent à changer d'avis.

Une fois arrivés chez le marabout, celui-ci les installe dans sa maison. À leur insu, il s'arrange pour réaliser pour chacun d'eux les souhaits exprimés au cours de leur voyage.

À leur réveil, il constate que ces vœux réalisés par ses soins n'ont pas été touchés. Il leur demande de s'expliquer.

Le premier dit que les fruits avaient une odeur de sang humain.

Le deuxième ajoute que la chair du bélier était hantée.

Le troisième affirme que la jeune fille était impure et qu'il ne prendrait aucun plaisir avec elle.

Alors le marabout fit venir les différents propriétaires.

Le propriétaire du champ confirma qu'il y avait eu un conflit et des pertes en vies humaines à l'endroit où l'arbre avait poussé.

Le deuxième avoua que le bélier avait été acquis avec l'argent de la vente de poulets volés.

Le troisième révéla que la jeune fille, née d'un adultère, n'avait pas de père légitime.

Qui, du maître ou des élèves, a pu percer le secret de la connaissance ?

Comment la mort est apparue

Nous savons que la mort est l'arrêt complet et définitif des différentes fonctions de l'organisme, mais nous ne savons pas comment cet arrêt s'est produit, la première fois.

Eh bien, voilà :

Dans des temps très anciens, il y eut un duel entre le *Ganda-Koy* et le *Been-Koy*. Le *Ganda-Koy,* ou dieu des terres, modela un jour des petites créatures avec de l'argile. Le *Been-Koy,* ou dieu des cieux, vit ces objets inanimés à la surface de la terre et il en fut grandement impressionné. Il décida de leur donner un souffle de vie, il se concerta avec le dieu des terres, qui accepta, et ils décidèrent d'un partage des créatures.

Mais, lorsque celles-ci furent animées, le *Ganda-Koy* refusa catégoriquement le partage. Mal lui en prit, car comme dit le proverbe :

Qui tire fierté et puissance de sa richesse s'attire le malheur.

Une rupture irréparable s'établit entre eux :

Pour se venger, le *Been-Koy* décida d'ôter le souffle de vie à toute créature vivant sur terre. Ce souffle de vie, c'est-à-dire l'âme, retournerait au ciel auprès de lui, le dieu des cieux.

Quant à leur chair faite de terre, elle n'aurait plus qu'à demeurer, sans vie, sur terre auprès du *Ganda-Koy*, qui l'avait façonnée.

Et c'est depuis ce moment que la mort est apparue sur terre.

Koumbo
La leçon aux jeunes filles mariées

C'était voilà bien longtemps... Une femme nommée Kiékiéta accoucha dans la brousse d'un ravissant bébé, une petite fille, qu'elle appela Koumbo. Plus tard, les villageois la surnommèrent *Koumbo, la fille qui sait faire tomber la pluie* car le jour de sa naissance un déluge se déversa sur la terre toute ridée, craquelée par une sécheresse qui désespérait les habitants. On aurait dit que des larmes avaient creusé le sol jadis et que leurs empreintes étaient indélébiles.

Kiékiéta était si pauvre qu'elle avait quitté le village. Sans homme pour subvenir à ses besoins, elle se débrouillait pour cultiver la terre mais, depuis que la disette avait succédé à la période de sécheresse, elle en était réduite à retourner mendier dans son ancien village. Elle marchait toute la journée. De là, elle ramenait, à la nuit, dans une calebasse, le lait d'une vache qu'on l'avait autorisée à traire, portant toujours l'enfant enveloppée sur son ventre dans un châle bigarré. Grâce au lait et à la semoule de mil, elle mangeait à sa faim et pouvait allaiter son bébé.

L'enfant grandissait et embellissait de jour en jour. Kiékiéta dut un jour laisser Koumbo seule, dans la case, car le chemin était bien trop long pour ses petites jambes. Les forces de la mère étaient insuffisantes pour la porter, désormais. La terre à nouveau fertilisée par l'eau de pluie allait produire. La mère semait, surveillait la poussée du mil, pleine d'espoir de procéder bientôt à la récolte et de se suffire à elle-même et à son enfant. Mais, pour l'instant, elle en était réduite à solliciter encore la générosité des villageois. Elle allait ainsi, frappant de porte en porte. Le plus souvent elle ne récoltait, pour toute nourriture, qu'un résidu de mil qu'on donne habituellement aux animaux, du son quoi ! Certains jours de chance, on lui donnait des fruits : elle mangeait la moitié de la mangue et apportait l'autre à son enfant. Si c'était un fruit de karité qu'elle ramenait de sa collecte, elle en croquait un côté, gardait l'autre et le lui donnait. Si c'était une graine d'arachide qu'elle trouvait, elle la mettait en réserve. Tout ce qu'elle pouvait ainsi récupérer, elle le mettait de côté, en bonne mère, escomptant des jours meilleurs avec l'arrivée de la nouvelle saison.

Un jour, elle osa se rendre dans la cour du chef du village, qu'elle évitait habituellement. Là, elle fut accueillie par les coépouses, occupées à piler le mil. Les femmes s'amusèrent à la faire danser jusqu'à ce que des auréoles de sueur imprègnent ses vêtements sous les aisselles, les seins et dans le dos. C'est alors seulement qu'elles daignèrent lui donner quelques poignées de son pour toute nourriture.

Une autre fois, le serviteur du chef de ce village voisin alla se promener dans la brousse. Il aperçut Koumbo qui sortait de sa case en seko. Sa mère, faute de pouvoir acheter un pagne, lui avait tressé un vêtement avec des tiges de mil qui dansaient sur son corps de jeune pucelle. Son extrême pauvreté la contraignait en effet à vivre nue, sans habits.

C'est alors que l'homme fut subjugué par la beauté de la jeune fille, et inquiet de ne pas la voir revenir... En effet, elle avait disparu derrière des buissons. Il attendit longtemps, très longtemps, il devinait sa présence et ses mouvements derrière les branchages. Elle allait bien surgir à un moment. Mais non ! Curieux, il rampa jusqu'à la haie qui la dissimulait à sa vue. Que pouvait-elle faire, là, derrière ces feuillages ?

Il avait bien entendu dire que, dans la brousse, hommes et femmes se livraient à un art ancestral et utilisaient une palette de pigments d'ocre rouge, de kaolin blanc, de vert cuivré, de jaune lumineux ou gris cendre pour se peindre le corps mais il n'avait jamais assisté à un tel spectacle...

Et il en resta tout éberlué ! Oh ! Surprise !

Il se trouvait, en effet, en présence d'un art brut qui se résumait en trois mots : doigts, vitesse, liberté.

La jeune fille plongeait ses doigts dans la glaise et, en quelques minutes, elle appliquait des couleurs en forme d'étoile sur sa poitrine, son pubis, ses jambes, main ouverte, du bout des ongles, sur un corps aux lignes pures et harmonieuses. Puis avec un bout de bois, un roseau ou une tige écrasée, elle dessinait des points sur son visage et sur son sein gauche, uniquement sur le gauche. Ses gestes, vifs, rapides, spontanés, étaient étonnants de précision. Une calebasse, garnie de plumes d'oiseau, lui servait de couvre-chef, et son cou était orné de colliers de fleurs roses, de feuillages et d'herbes. Koumbo semblait animée du seul désir de se décorer, d'être belle, quoi ! Mais pour séduire qui ? Pour elle, c'était seulement un jeu et un plaisir, semblait-il.

L'homme demeurait là, pétrifié devant cette fille nue, belle comme un ange, dont les longs cheveux recouvraient la pointe des fesses menues et fermes, maintenant qu'elle lui tournait le dos. S'il avait connu l'existence de Miró, Picasso ou Klee, nul doute qu'il aurait cru à l'œuvre d'un grand maître.

Le pauvre hère jugea qu'il était temps de s'en retourner au village, ce qu'il fit, sans toutefois dévoiler sa présence à la jouvencelle.

Il s'empressa d'expliquer alors au chef qu'il venait de rencontrer une fille très très belle, bien plus belle que ses propres femmes. Il lui confia aussi qu'elle était la fille de la femme la plus pauvre du village voisin. Le chef lui ordonna immédiatement d'aller la chercher. Mais le domestique lui dit :
– Elle est dans l'impossibilité de se présenter devant vous ; comment pourrait-elle venir en pareille tenue ? Elle est si démunie qu'elle n'a aucun vêtement pour couvrir sa nudité...
– Tiens, lui répondit-il, prends ce boubou en *lesso* et offre-lui de ma part.
Le domestique prit le boubou qui était confectionné dans une riche étoffe et s'en alla trouver la jeune fille, accompagné par son maître. Impatient, celui-ci avait enfourché sa monture.
Dès que la case fut en vue, le chef mit pied à terre et, aussitôt que Kombo sortit de sa case, il en tomba immédiatement amoureux ; ce fut le coup de foudre et il la demanda en mariage.

Pendant ce temps, que faisait donc sa mère ? Kiékiéta était partie quémander du son au village et les langues s'étaient déliées. Dès qu'elle fut revenue, elle aperçut le beau cheval alezan du chef, elle comprit, se réjouit et se mit à danser.

C'est alors que le serviteur, qui venait d'arriver tout essoufflé, lui expliqua la situation. Ils s'éloignèrent tous deux sous un figuier pour parlementer. La mère voulait bien lui donner la main de sa fille, mais elle avoua au domestique qu'elle était bien trop pauvre pour célébrer les noces dignement. Le matin, elle passait son temps à cultiver le champ, concassait du mil, le vannait, préparait une bouillie, la refroidissait et y trempait deux louches :

— Voilà, disait-elle, la part de ma fille, voilà la mienne. Qui ne laisse pas de restes n'est pas rassasié... hélas !

Le chef s'approcha d'elle, accompagné de la jeune fille souriante ; il calma son inquiétude, la rassura sur ce point. C'est lui qui se chargerait des frais de la nourriture pour la cérémonie. Les noces eurent d'ailleurs lieu dans les semaines qui suivirent, en présence des familles et des villageois réunis sous l'arbre à palabres.

En guise de cadeau, Kiékiéta prépara de petites boules de son avec des feuilles de *hasso* afin que sa fille n'oublie pas le temps de misère... Elles en avaient tant mangé pendant les années de disette ! Elle glissa ces boulettes dans des coussins, pour que son enfant se souvienne de son état antérieur et n'oublie jamais qu'elle était née pauvre.

Elle murmura à l'oreille de Koumbo :
— Sois patiente, vertueuse, loyale et fidèle, comporte-toi bien avec ton mari, tu seras récompensée et tu vivras heureuse d'être née femme.

C'est ce que fit Koumbo, obéissant aux préceptes de sa mère. Le chef chassa toutes les autres coépouses, ne gardant qu'elle.

Sa capacité de faire tomber la pluie était liée à son sourire, expression de bien-être et de joie. Parfois, elle riait si fort, tant son bonheur était grand avec ce jeune homme, qu'elle déclenchait une forte pluie, ce qui fertilisait la terre et fournissait aux habitants une nourriture abondante.

N'oubliez jamais cela, jeunes filles qui désirez vous marier et choisir votre époux : la vertu est toujours payée au centuple.

Trit, trit, trit… et moi, j'ai marché sur la queue d'une souris… et mon p'tit conte est dit.

L'éléphant, le chien et l'araignée

C'était il y a longtemps, bien longtemps. Un vieil éléphant vivait dans une forêt lointaine avec sa petite famille : maman éléphant, deux éléphanteaux, ses parents et ceux de sa femme.

Il avait choisi d'être éleveur, éleveur de bovins. Noble métier qui lui permettait de faire vivre sa famille. Il prenait tellement soin de son troupeau que celui-ci grandissait, grandissait. Ce qui n'était pas sans inconvénient : il ne pouvait plus en assumer seul la surveillance. Il dut se décider à trouver deux amis honnêtes à qui confier une partie de ses bêtes.

C'est ainsi qu'il choisit le chien et l'araignée. Si le choix du chien, animal fort courageux, méfiant et prévoyant, n'étonna guère, celui de l'araignée avait pu paraître surprenant. Mais à bien y réfléchir, celle-ci passait pour subtile, grande travailleuse… et astucieuse.

Notre éléphant s'adressa à chacun d'eux en ces termes :

– Je confie à chacun un tiers de mon troupeau. Élevez ces animaux comme si c'étaient les vôtres. Qu'ils meurent ou se reproduisent, je paierai vos services équitablement. Toute ma confiance repose sur Dieu et sur vous bien sûr.

Sur ces mots, l'éléphant s'éloigna. Le chien et l'araignée s'apprêtaient à rejoindre leurs villages, avec les vaches qui leur avaient été confiées.

Avant de se séparer, l'araignée dit au chien :

— Eh, l'ami ! As-tu bien compris ce qu'a dit ce vaniteux ? Que le troupeau grandisse ou qu'il soit réduit, nous serons payés de la même façon ! Nous serions bien bêtes de ne pas en profiter avant qu'il ne revienne !

Chacun sait que le chien est un animal digne de confiance, aussi ne partagea-t-il pas l'avis de l'araignée : il ne s'agissait pas pour lui de trahir l'éléphant.

Chacun partit sur son chemin.

Mais l'araignée suivait son idée. Autant profiter des vaches qu'elle avait sous la patte. Elle et sa famille ne prirent plus la peine de piéger les insectes dans leur toile. La nourriture était à leur portée, sans effort. Deux vaches étaient ainsi décapitées chaque jour, pour assurer leur subsistance. On devine que le troupeau diminuait de jour en jour.

La femme de l'araignée s'inquiéta bien un peu de l'état du troupeau. Son époux n'y prêta guère attention.

— Mange, tais-toi et ne fais pas l'hypocrite ! se contenta-t-il de lui répondre. Il n'empêche que la famille vivait aisément, n'ayant plus à se soucier de chasser. Hélas, les vaches ne se comptaient plus que sur les doigts d'une main.

De son côté, le chien, fidèle à ses engagements, veillait jour et nuit sur son troupeau qui prospérait. Il grandissait, certes, mais devenait… incontrôlable !

La femme de notre chien, jalousant quelque peu la vie facile de la famille araignée, reprocha à son époux son avarice et son manque de bon sens. Le chien n'y prêta pas attention, la conscience tranquille.

Les semaines passèrent.

Il fut temps pour l'éléphant de faire venir ses deux bergers pour leur remettre leur dû. Des sages assistaient à la réunion, comme il se doit.

La place choisie ne suffisait pas à contenir le troupeau du chien. Quant à celui de l'araignée… il ne comprenait plus que… deux vaches !

Fidèle à sa parole, l'éléphant paya nos deux amis pour services rendus. Le chien avait bien mérité son salaire. Quant à l'araignée…

C'est depuis ce jour que le chien est resté un bon berger.

L'araignée, confuse, n'osa plus se montrer. C'est ainsi qu'elle vit désormais cachée.

Vous comprenez pourquoi il faut toujours se montrer digne de la confiance qu'on vous accorde.

L'incompréhension dialectale

Une fois il y avait, une fois il y aura...
Approche et écoute :

Un Dioula est parti un jour pour trouver du travail pendant la saison sèche, quand il n'y a rien à faire au village. Même quand on ne cultive pas les champs, il faut manger, s'habiller, prendre soin des enfants et, pour ça, il faut de l'argent ! Et c'est la même chose partout, que tu sois dioula, songhaï ou peuhl. Tu dois partir, quitter le village : pour te rendre à la capitale, ou dans les sites d'or, ou à l'usine de sucre ou de traitement du coton... Enfin, partout où il y a besoin de bras, où on te paie un peu. Tu peux ainsi rapporter de l'argent à la famille.

C'est ainsi qu'un Songhaï, un Dioula et un Peuhl se sont retrouvés employés en ville par le même patron. Ils étaient logés dans la même cour. Dans ce cas, la coutume en Afrique est de s'organiser pour les repas : on achète du mil et on paie quelqu'un pour le cuire.

Ils ont fait ainsi et sont allés trouver une femme qui cuisinait dans la cour où ils étaient logés. Des marmites qui bouillottaient sur le feu s'échappait une odeur vraiment appétissante.

Le Dioula a dit à la femme :

— Peux-tu préparer le *dégué* pour mes amis et moi ?

Là-dessus, le Songhaï s'est mis à rire et a répliqué :

— Quoi ? Qu'est-ce que c'est que ce truc ? Avec ce bon mil que j'ai payé, c'est du *doono* qu'il faut faire. J'espère que tu sais bien le préparer, avec de la sauce...

Et le Peuhl a alors bousculé ses deux compagnons :

— Espèces de crétins ! La seule chose que tu vas cuire avec ce mil, c'est du *tiobal*. Je t'interdis d'en faire autre chose.

Tu devines ce qui s'est passé ensuite ?

La dispute a dégénéré : après les hurlements, la bataille. Ils se sont attrapés par les vêtements : gifles, coups de pied, et beaucoup de poussière et de bruit !

La cuisinière s'est sauvée en emportant ses marmites de peur qu'on ne les lui renverse. Elle est allée dans la cour voisine dans laquelle vivait un vieil homme très sage : on faisait souvent appel à lui dans les querelles de voisinage.

Quand il était jeune, il avait fait la guerre en Europe, il avait rencontré des peuples et des hommes de toutes sortes, il avait traversé l'Afrique de long en large et de haut en bas.

– Viens, viens tout de suite, vieil homme, je t'en prie. Ils vont tout casser et peut-être même s'entre-tuer.

Le vieux a accepté et il est venu s'asseoir dans la cour sous le manguier. Il a invité les trois hommes écumant de rage et solidement maintenus par les voisins à s'asseoir et à se calmer pour expliquer le motif de ce grand tapage.

Le Dioula a commencé :

– Je veux qu'on me fasse du *dégué*.

– Non, c'est en *doono* que ce mil sera transformé, a rétorqué le Songhaï.

– Il n'en est pas question. J'ordonne qu'on prépare du *tiobal*, a dit le Peuhl.

Tous trois étaient prêts à se dresser pour reprendre la bagarre. Le vieux a souri, a secoué la tête et a déclaré quand le calme est revenu :

– Vous êtes fous de vous battre pour si peu... Oui, je répète POUR SI PEU ! Écoutez-moi, écoutez bien ! Toi, le Dioula avec ton *dégué*, tu veux la même chose que toi, le Songhaï avec le *doono,* et que toi, le Peuhl avec le *tiobal* que tu réclames...

Toi qui entends cette histoire, écoute encore :
L'incompréhension dialectale cause souvent des troubles...
Mais écoute encore et crois-moi :
Les langues sont aussi la plus grande richesse des peuples.

La femme qui ne sait pas garder un secret

Dembo était un grand chasseur. Rapide comme le lion, agile comme la gazelle, il parcourait la brousse en longues enjambées, à l'affût des antilopes, des gnous ou des autruches qu'il pourrait ramener à son village.

Il aimait s'arrêter dans le petit village qui borde le fleuve Jaune, où les cases d'argile et de paille font la ronde autour de l'arbre à palabres.

Samba, Kadidja, Amila et leurs amies l'accueillaient avec joie et lui offraient une calebasse de lait de chèvre ou des gâteaux à la figue. Elles étaient belles dans leurs pagnes aussi colorés que des fleurs de savane, et elles aimaient parler avec lui du soleil qui plisse la terre, de l'arrivée de la pluie ou de la fête pour les premières pousses de mil.

Dembo les écoutait, mais ses yeux ne voyaient que Kadidja. Elle était jolie comme un matin de printemps, souple comme une liane et douce comme la brise du soir. Chaque fois qu'il la voyait, il entendait le tam-tam fou de l'amour dans son cœur.

Un jour, il l'emmena dans les herbes hautes, près du tamarinier, et lui demanda sa main. Kadidja, tout émue, regarda passer l'oiseau blanc et lui sourit de bonheur.

— Tu sais, lui dit Dembo en la regardant avec tendresse, je t'aime jusqu'au fond de l'âme. Et pour prouver mon affection pour toi, je mangerai la viande de cet oiseau Déddébia qui est mon totem. Mais surtout, ne le dis à personne.

Kadidja serra très fort sa main et lui dit :

— Je vois que ton amour est grand car tu veux bien manger la viande de l'oiseau qui est ton totem par amour pour moi, et mon cœur est comblé de joie. Mais permets-moi de partager ce fabuleux secret avec mon amie Samba que j'aime comme une sœur et à qui je n'ai jamais rien caché.

Dembo accepta :

— Je te confie mon secret à toi, et à ton amie de cœur, mais veille bien à ce qu'il reste entre nous trois.

Lorsque Kadidja revint au village, elle se rendit tout droit chez Samba et lui révéla le secret de son futur époux.

Samba était gaie, vive, travailleuse et gentille avec tout le monde, mais elle n'avait pas d'os dans la langue pour l'empêcher de tourner. Lorsqu'elle aidait ses amies à tourner les galettes de mil ou traire les chèvres, elle ne pouvait s'empêcher de parler. Ses amies aussi étaient aussi bavardes qu'une colonie d'ibis.

En quelques jours, la nouvelle gagna tout le village.

Vint le jour de la cérémonie de mariage. Le village était en fête. Les boubous multicolores remplissaient la place qui bientôt ressembla à un bouquet de fleurs.

À l'heure où le soleil surplombe l'arbre à palabres, Kadidja, belle comme une reine, sortit de sa case et chercha Dembo. À sa grande surprise, il n'était pas encore arrivé. Tous les habitants du village se regroupèrent avec Kadidja à l'ombre du grand arbre et attendirent. Au loin, sur la piste desséchée, apparut la silhouette d'un chasseur. Personne n'y prêta attention. L'homme approcha. Kadidja reconnut Dembo et pâlit lorsqu'elle vit qu'il n'avait pas revêtu son pagne de cérémonie. Lorsqu'il fut près d'elle, elle lui dit, la gorge serrée :

– Dembo, mon amour, as-tu oublié que c'est aujourd'hui que l'on se marie ?

Il la regarda d'un air aussi sombre qu'un ciel d'orage et lui répondit :

– Kadidja, je t'aime comme un fou, mais toi tu te fiches de mon amour ! Je n'épouserai pas une femme qui a pour amie une femme qui ne sait pas garder un secret.

Et il continua tristement sa route le long du fleuve Jaune.

Soyez donc vigilants ! Les amitiés féminines ont le goût du miel, mais elles peuvent aussi parfois contenir du poison...

Fatoumata
(La patience paie)

Il était une fois un roi qui incarnait à lui seul le pouvoir politique, juridique et religieux. Il était chef de guerre, propriétaire d'esclaves, possédait des troupeaux et des terres cultivées par ses serviteurs.

Ses sujets l'appelaient volontiers *Père* car il était reconnu par tous comme un homme raisonnable. Or, il craignait d'être supplanté par un génie qui exerçait un autre système de pouvoir dans la brousse ; et un conflit existait depuis fort longtemps entre ces deux personnages. Une frontière perméable et facilement franchissable séparait ces deux puissants qui vivaient cependant dans deux mondes bien différents. La brousse représentait un monde dangereux, même si elle était un lieu de vitalité, de réparation et de transformation. C'était aussi un espace où l'entraide sociale était communément pratiquée, mais où l'on pouvait aussi assister à des destructions massives. La brousse, au Burkina Faso, c'est un peu comme la forêt dans d'autres pays. Elle peut aussi bien être bénéfique que maléfique, en fonction de l'utilisation qui en est faite.

Il advint que ce roi tomba éperdument amoureux d'une princesse qui résidait dans le territoire voisin, au-delà de la brousse.

Évidemment, le père de la jeune fille avait été avisé d'une rencontre probable et la demande en mariage avait été soigneusement préparée. Le royaume de ce roi, prétendant à la main de la jeune fille, s'étendait à l'infini : n'avait-il pas fait charger dix étalons et dix chameaux de nourriture avant de se mettre en route pour rencontrer Fatoumata, puisque tel était le nom de la belle, noire comme de l'ébène, élancée et gracieuse ?

Une petite escorte l'accompagnait et ils marchèrent, marchèrent toute une journée... avant d'arriver à une première ville. Le deuxième jour, à nouveau, ils passèrent la journée à marcher... ils marchèrent, marchèrent ainsi toute une seconde journée avant d'arriver, en fin d'après-midi, dans une autre ville ; le troisième jour, il en fut de même et la caravane ne parvint qu'à la nuit aux limites de leur vaste territoire.

Mais, comme ils entraient dans la première ville d'un nouveau fief, ils furent arrêtés par le fameux génie qui s'opposa à eux vigoureusement.

— Mon cher maître, intervint le roi, qu'avons-nous fait de mal ? Dis-moi tout ce que tu désires, nous le ferons. Je dois aller demander la main de la princesse Fatoumata. Une cérémonie est prévue à cet effet.

– Inutile d'insister. Vous n'entrerez pas dans ces murs, rétorqua le génie en barrant le passage de ses deux bras à l'horizontale.
– D'abord, qui es-tu pour m'interdire l'entrée ?
– Je suis le griot, le génie des arts. Chacun me respecte, ici. Je suis maître de la parole et ce pouvoir je le tiens de mon père.
Et, accompagné de sa kora puis de son balafon, il se mit à narrer l'histoire des siens et à délivrer des messages, debout, dominant de son immense stature la troupe, mais le roi ne l'écoutait pas et l'interrompit brutalement :
– Un vrai sac à paroles ! Et tu prétends dans ton sac renfermer des secrets séculaires, pardi !
– Parfaitement. Je suis le gardien de l'histoire de ce village et de la généalogie de notre clan. Je peux parler des heures, voire des jours, car ma mémoire est bien exercée et je suis chargé de transmettre cette histoire à un autre griot avant de disparaître. Jamais tu ne m'interrompras. Entends-tu ?
Se saisissant d'un tambour, le génie se mit alors à clamer de bonnes et de mauvaises nouvelles, pour éclaircir la situation présente. La cohorte l'écoutait dispenser son savoir, abasourdie.

Alors le roi vit qu'il était impossible de parlementer davantage et il craignait que la situation ne bascule à son désavantage. Il ordonna donc la charge : et c'est ainsi qu'ils entrèrent en force dans la ville.

Les accordailles faites, il hissa la belle princesse sur son fringant destrier et c'est par un chemin tortueux qu'ils retournèrent dans leurs terres, après sept jours et sept nuits d'un périple épuisant.

Mais le roi jura que ce génie devait désormais être en sa possession. Il se devait de venger l'affront.

À compter de ce jour, il déploya donc tous les moyens, aidé de ses propres génies, pour arrêter le voisin gêneur ; mais ses efforts s'avérèrent vains. Au fil des jours, il ne pouvait trouver la paix intérieure, malgré son bonheur de vivre avec la femme choisie et aimée.

Chaque matin, il s'asseyait et méditait plus d'une demi-heure sous un baobab centenaire. Chaque nuit il échafaudait les rêves les plus fous.

Un jour, il convoqua tous les siens et leur tint ce langage :

— Depuis des lunes et des lunes, nous élaborons les plans les plus crédibles pour arrêter ce malotru, devenu notre ennemi mortel ; mais, jusqu'à ce jour, nous avons toujours échoué. Quelle stratégie allons-nous mettre au point pour exterminer ce monstre oppresseur qui a voulu entraver mes projets de mariage ?

Tous l'écoutaient dans un silence religieux. Même les oiseaux, alentour, avaient cessé de gazouiller. C'est alors qu'un vieillard, appuyé sur son bâton, se leva péniblement et, balayant du regard le cercle des hommes réunis, dit, après avoir observé un long silence :

– Que Dieu te protège, cher roi. Ton ennemi est devenu notre ennemi mais je sais qu'il boit régulièrement, comme ses ancêtres avant lui, dans un marigot fréquenté par les animaux de la brousse. Si nous lui tendons un piège en y répandant du miel en quantité abondante, nul doute que, lorsqu'il aura bu ce breuvage, il s'endormira et alors… nous n'aurons plus qu'à le cueillir et l'emporter sur le dos d'un chameau.

Puis il promena son bâton sur chacun des assistants, en fixant chacun d'un regard complice. Ces derniers souriaient, heureux d'entendre proférer ces paroles de la bouche d'un sage et ravis de mettre au point un tel stratagème pour venger leur maître.

Le roi savait bien qu'il devait déléguer à des personnes compétentes cette décision. Certes, il était détenteur de sagesse, de clairvoyance et de discernement et c'est pourquoi il détenait ce pouvoir royal, mais il était également capable de patience : l'affront causé par ce génie ne le poussait pas à une action immédiate et, rasséréné, il attendit encore plusieurs années avant de réagir. Le pouvoir qu'il exerçait dans tous les domaines de la société, notamment comme chef de guerre et comme juge suprême, était, certes, un pouvoir absolu, mais c'était un pouvoir éclairé, exercé au nom de Dieu, et il l'appliquait avec une certaine modération. Son père lui avait appris à maîtriser ses passions et à freiner ses impulsions, ce qui faisait de lui le garant de l'ordre et lui conférait une fonction explicitement politique. C'est ainsi qu'il était devenu aux yeux de ses sujets une figure paternelle idéale ; d'ailleurs, tous ne l'appelaient-ils pas respectueusement *Père* ?

Quand son premier fils, né du mariage avec Fatoumata, atteignit l'âge de sept ans, le roi réunit ses sujets et décida, alors, de l'expédition punitive.

Ainsi fut dit, ainsi fut fait.

Une dizaine d'hommes partirent de bon matin et marchèrent durant trois jours et trois nuits. Le soir venu, ils arrivèrent près de la case du génie, dispersèrent leurs calebasses pleines de miel dans le marigot, près de la paillote. Ils attendirent, muets, dissimulés dans les buissons alentour. Comme prévu, le génie salua l'arrivée du soleil et procéda à ses ablutions dans l'eau proche avant de boire avidement cette eau sucrée délicieuse. Comme prévu, il s'assoupit et c'est alors que les hommes sortirent de leurs cachettes et, munis de lianes, le ligotèrent solidement, mettant à exécution leur plan échafaudé depuis tant et tant de lunes.

À son réveil, le génie ne put que constater son triste sort mais, à la surprise générale, il éclata de rire en voyant les assaillants consternés, en cercle autour de lui.
Le meneur du groupe prit la tête des opérations de retour qui allaient les conduire directement chez le roi, sans emprunter des voies détournées, cette fois. En chemin, ils rencontrèrent un vieil homme malade, adossé à un épineux, ce qui provoqua à nouveau l'hilarité du génie. Ahuris, les hommes poursuivirent leur route sans comprendre ce qui pouvait bien faire ainsi rire leur prisonnier.
– Tu as la fièvre ? avaient-ils seulement demandé au vieillard.
– Non, je n'ai pas de chèvre, avait rétorqué ce dernier, sourd comme un pot...

Cette répartie avait sans doute amusé le prisonnier, pensèrent-ils. Ils continuèrent et c'est alors qu'ils firent la connaissance d'un autre vieillard qui creusait la terre au pied d'un arbre et en extrayait de l'argent, des pièces sonnantes et trébuchantes. Le génie rit encore à gorge déployée quand il vit ce dernier, accroupi, comptant son butin. Étrange et incompréhensible attitude pour les hommes...

Quand ils parvinrent chez le roi, ils lui racontèrent ces anecdotes qui ne le firent pas du tout rire. Très énervé, contrarié d'entendre ces rires moqueurs il se redressa, haranguant sa troupe, et clama :

— Qu'on en finisse avec ce génie qui se prétend griot !

Ils s'apprêtèrent donc à exécuter le malheureux dans la cour, quand l'un d'eux les arrêta dans leur élan et proclama :

— Qu'il nous dise d'abord quelle est la cause de ces rires inextinguibles !

— Mais bien volontiers ! répondit le génie. Dieu m'a créé et m'a donné le pouvoir de prophétiser tout ce qui arrivera dans les soixante-dix jours. Et pourtant, je n'ai jamais su que vous ourdissiez tout ce plan pour me capturer. C'est pourquoi vous avez perçu, vous tous, ici présents, mon premier rire, là, près du marais... Quant à mon second rire, sachez que le vieil homme, malade depuis des lunes et des lunes, que nous avons vu adossé à l'arbre, eh bien, il est le seul guérisseur de la contrée ; et seules les branches de cet arbre constituent pour lui un remède très efficace pour le sauver car elles contiennent un antidote puissant pour faire baisser sa fièvre. Mais, lui, il l'ignore... En ce qui concerne mon troisième rire, je puis vous affirmer que ce chercheur d'or ignorait que cet emplacement contenait une mine d'or qu'il aurait pu exploiter pendant trente mois, sans jamais l'épuiser...

C'est alors que le roi, agacé, l'interrompit brutalement :

– Mais toi qui te prétends génie, comment as-tu osé rire avec tant d'assurance face à moi ? Parle donc, abruti !

– Eh bien, mon quatrième rire s'explique du fait que toi, qui es le roi, tu ne sais pas et tu n'as jamais su, malgré tout ton pouvoir, que le jour où tu m'arrêterais serait également, le jour de ta fin.

À ces derniers mots, Fatoumata qui était près du roi avec son jeune fils fondit en larmes. Puis elle lui dit :

– Tout ce que nous recevons de Dieu, il nous faut le mériter.

S'il nous accorde d'être patients, il nous faut patienter.

S'il nous donne la force, il nous faut attendre pour l'exercer.

Ne sois pas impatient, mon fils, si, au trône, tu souhaites accéder.

Tout ce que tu reçois du Très Haut,
Savoure-le comme un gâteau
Sache que, malgré tout ce que tu as vu, enfant, adolescent, ce que tu n'as pas encore vu... est encore plus important.

La philosophie africaine nous enseigne :

Tout ce que nous n'avons pas pu obtenir par la patience, rien au monde ne peut nous le procurer.

La calomnie

C'était il y a fort longtemps, dans un pays gouverné par les rois.
Un marabout très célèbre y était devenu le conseiller des souverains. Il leur enseignait la crainte de Dieu et les exhortait à la clémence envers leurs sujets.

Son influence était telle que les plus obstinés d'entre eux se laissaient finalement convaincre et lui en étaient par la suite infiniment reconnaissants.

Un jour, il arriva qu'un homme malveillant, au caractère envieux et dont l'activité favorite était de nuire à autrui, ait tant de jalousie envers ce marabout qu'il décida de lui tendre un piège.

Il alla chez le roi et lui tint ces propos :
– Méfie-toi de ce marabout qui vient chaque jour au palais soi-disant pour te conseiller... Derrière ton dos, il salit ta réputation. Dans tout le pays, il se moque de toi en racontant à qui veut l'entendre que ta bouche pue et que ton haleine empeste !

Le roi, surpris et blessé, décida d'attendre de revoir le marabout pour en avoir le cœur net.

Quant au calomniateur, qui avait de la suite dans les idées, il invita le lendemain le marabout à déjeuner chez lui avant qu'il ne se rende au palais pour rencontrer le roi.

Il lui prépara un plat fort appétissant mais relevé de ces sortes d'épices et d'aromates qui alourdissent l'haleine pendant de longues heures.

Après avoir fait honneur au repas, le marabout prit congé et se rendit immédiatement chez le roi car c'était l'heure du Conseil. Soucieux de ne pas incommoder le souverain par son haleine trop forte, il couvrit sa bouche de sa main pendant tout l'entretien. Le roi fut convaincu de sa duplicité. Se méprenant sur ce geste de courtoisie et imaginant que le marabout se protégeait ainsi de sa mauvaise odeur à lui, il lui remit une lettre qu'il avait rédigée en secret : le marabout devait la porter de sa part dans un village très éloigné.

Le roi avait coutume d'envoyer des messagers dans ce village d'où il recevait fréquemment force honneurs et de somptueux cadeaux.

Le calomniateur, qui s'était mêlé à la cour du roi, entendant cela, crut sa fortune arrivée et courut rejoindre le marabout à la sortie du palais. Il lui proposa de le soulager de cette tâche et d'acheminer la lettre du roi à sa place. Le marabout, satisfait de ne pas avoir à courir à l'autre bout du pays, ne connaissant ni le contenu de la lettre ni les habitudes du roi, accepta volontiers.

L'homme partit donc avec la lettre et, après plusieurs heures de marche, il parvint au village indiqué. On ouvrit le courrier devant lui et on lut à haute voix ce que le roi y avait écrit :

– J'ordonne que l'on coupe la tête de celui qui apporte cette lettre. Qu'on fasse une outre avec sa peau et qu'on me la rapporte pleine de sable !

En entendant cela, comprenant qu'il était pris à son propre piège, le calomniateur tenta de s'expliquer pour sauver sa vie mais en vain. On fit de lui ce que demandait la lettre. Car, comme le dit le proverbe africain, *la pluie cesse toujours de tomber sur la tête de l'oiseau qui l'a invoquée.*

Le lendemain, quand le roi réunit son Conseil une nouvelle fois, il fut fort étonné de la présence du marabout. C'est alors qu'on lui apporta l'outre pleine de sable.

Reconnaissant les traits du calomniateur et n'en croyant pas ses yeux, le roi, songeur, laissa tomber ces mots :

– Prenez garde, vous tous qui êtes là, car la calomnie finit toujours par condamner celui qui a calomnié...

L'excès de confiance

Dans un village de brousse, un homme infirme fait la cour à une femme mariée. Des gens bien intentionnés en parlent au mari, qui ne les écoute pas, confiant qu'il est en la fidélité de sa femme.

Cependant, et pour s'enlever d'un doute, il se décide à simuler un voyage. La femme, croyant avoir quartier libre, se dépêche d'en informer son amant.

Dès la tombée de la nuit, ils se retrouvent seul à seul. Alors qu'ils se consacrent à leur plaisir, un bruit insolite se fait entendre dans la cour, interrompant les ébats. La femme risque un œil par la fenêtre et murmure à son amant : « c'est le chef de famille. » Sans hésiter une seconde et avec beaucoup d'astuce, elle porte l'infirme dans un panier et range celui-ci sur une étagère. Quand le mari rentre, la femme lui sert tranquillement à manger et s'assied à ses côtés pour le saluer et l'honorer. Son pagne légèrement desserré laisse apparaître sa ceinture de perles de toutes les couleurs. Entendant des chuchotements et des soupirs, l'amant veut sortir la tête pour voir ce qui se passe. Le panier se renverse et tombe avec l'amant au milieu des époux. Le mari affolé se précipite dehors en criant au secours, rameutant les voisins.

La femme, sans s'affoler, fait sortir l'infirme avant que tout ce monde n'arrive dans la maison. En leur présence elle s'esclaffe et se moque du mari qui a eu peur des rats qui ont fait tomber les paniers. L'assistance fait son devoir de le réconforter.

Quel enseignement peut-on tirer de cette histoire ?

Quand une femme veut résoudre un problème qui la concerne de près, soyons confiants en sa réussite !

Ou :

L'astuce des femmes n'a d'équivalent que la crédulité des maris !

Ou encore :

L'astuce des femmes est inépuisable quand elle est mise au service de la paix des ménages !

Les deux rêves de l'hyène

Un jour, une hyène qui revenait de la chasse désespérée de n'avoir rien pu manger et boire de toute la journée vint se reposer au pied d'un arbre. Elle était assoiffée, affamée, épuisée.

Il faisait beau. Malgré la chaleur, aucune mouche ne venait l'importuner. Mais la faim et la soif l'empêchaient de s'endormir. Elle finit par s'assoupir et fit un rêve : elle se voyait en pleine brousse entourée de proies nombreuses qu'elle pouvait sans peine attraper.

Des lapins couraient à découvert devant ses yeux, et même de petites gazelles broutaient insouciantes à portée de ses griffes.

L'hyène manifeste toujours sa joie, dit un adage.

Ce bonheur soudain la réveilla en sursaut et elle courut chez le devin pour lui raconter son rêve.

— Grand devin, je viens te raconter le rêve qui m'est venu sous le grand arbre. Mes rêves se réalisent toujours. Je veux donc que, par ta magie, tu donnes consistance à celui-ci.

La volonté d'un devin est parfois aussi dure à atteindre que le caillou sous le marteau. Il annonça qu'il se faisait tard, que la nuit tombait et il fournit à l'hyène un produit magique qui donnerait réalité à son prochain rêve. Mais les rêves ne se ressemblent pas toujours.

Cette nuit-là notre hyène se retrouva ligotée à un arbre. Des animaux s'approchaient lentement, menaçants : lions affamés, léopards rancuniers et lycaons hurleurs la cernaient au plus près. Elle sentait sur elle leur souffle. Leurs dents luisaient, ils allaient la dévorer.

Elle se réveilla en sursaut et courut affolée chez le devin. En route, elle sentit la trace de tous ces animaux féroces, le moindre bruit la mettait en sueur ou lui faisait faire des détours inutiles. Elle fouillait des yeux la nuit autour d'elle. C'était la panique.

Elle arriva enfin chez le devin, se jeta à terre devant lui. La terreur l'étouffait, elle ne pouvait prononcer le moindre mot. Enfin, dans un souffle rauque, elle arriva à dire :

— Grand devin, par ta puissance occulte empêche ce rêve de se réaliser. D'ailleurs, mes rêves n'ont jamais reflété la réalité.

— Ton premier rêve te plaisait, lui répondit-il, tu cherchais à en tirer profit. Aujourd'hui tu ne veux surtout pas entendre parler de celui de cette nuit ! Si tu montes un coup pour en tirer profit, comme on creuse un trou pour attraper du gibier, envisage bien l'ensemble de la situation. Fais le trou assez large car tu pourrais bien t'y retrouver piégée, toi ou l'un des tiens. Tu te souviendras de cet adage.

L'homme au cœur pur

Dans un village, il y avait un homme dont le cœur était pur et la vie simple. Il vivait seul, sans épouse ni enfants, mais se montrait aimable avec tous et ne se mêlait jamais des querelles de voisinage.

Des années heureuses s'écoulèrent, jusqu'à l'arrivée d'un nouveau roi. Celui-ci était dur et fier, et plus ardent que la braise et la foudre. L'homme au cœur pur décida alors de s'éloigner de ce soleil violent. Un beau matin, il quitta le village, marcha pendant des jours à travers les herbes et les marais jusqu'à ce qu'il découvre une terre tranquille près d'une rivière. Il s'y installa avec ses chèvres et ses volailles, y bâtit sa case d'argile et de paille. Il débroussailla, retourna la terre, y déposa les graines de mil et de sorgho. L'homme au cœur pur travaillait sans relâche et ses doigts étaient d'or. Dès les premières pluies, les graines poussèrent, les champs verdirent et sa vie s'écoula ainsi, légère comme l'eau.

Mais un jour, le sculpteur du roi, s'étant égaré en chemin, découvrit son domaine. C'était un homme au regard dur, aussi dur que le bois dont il faisait les statues des puissants du village. Il se cacha derrière un baobab et observa longuement. Il vit l'homme souriant au soleil et aux oiseaux qui se posaient sur ses épaules, il vit la maison, le jardin, les arbres couverts de fruits, les champs labourés, et la morsure de l'envie rendit son ventre noueux comme un vieux tronc.

De retour au village, il demanda audience au roi et l'informa qu'un événement de la plus haute importance menaçait l'ordre public. Le roi, tout d'abord étonné, l'écouta ensuite de plus en plus attentivement.

— Qui est l'homme le plus puissant ? demanda le sculpteur.

— C'est moi, répondit le roi.

— Prenez garde, Sire, car un homme veut vous ravir ce pouvoir, un homme fourbe aux mains d'or qui prépare en secret sa victoire. Qui est celui qui règne sur les champs, les jardins et la brousse, qui est notre chef des terres ? demanda encore le sculpteur.

— C'est moi, répondit le roi.

— Prenez garde, Sire, car un homme commande à la terre, et elle lui obéit.

Le roi, qui était d'un naturel inquiet, ne put fermer l'œil de la nuit qui suivit cet entretien. Il se tournait et retournait sur sa couche et la colère montait en lui à la pensée de ce rival qui voulait le détrôner. Au lever du soleil, il convoqua le sculpteur et le chargea de faire disparaître cet homme fourbe aux mains d'or.

Le roi avait une fille, très jeune encore, presque une enfant. Elle était d'une nature simple et gaie. Quand le sculpteur lui demanda de la lui confier pour exécuter son plan, il hésita, puis finit par se laisser convaincre. Mais quand il la vit partir pour la brousse, un sentiment inconnu jusqu'alors lui serra le cœur.

La fille du roi était vêtue d'un pagne de fête et parée de bijoux. On avait décoré ses tresses de perles et de coquillages. Mais son sourire la quitta quand elle se retrouva face à cet homme inconnu et entendit le sculpteur annoncer :
– Notre roi t'ordonne de prendre sa fille pour épouse, en gage d'amitié et d'alliance, et de la respecter et de la chérir comme il le ferait lui-même.

L'homme au cœur pur était tout aussi surpris que la jeune fille, mais il savait qu'on ne refuse pas d'obéir au roi. Il installa donc la princesse dans sa case du mieux qu'il le put.

Pendant qu'elle rangeait ses affaires, il alla ramasser des herbes sauvages, des champignons et des baies ainsi que quelques feuilles de baobab.

Quand il revint, la princesse avait déjà allumé le feu et ôté ses habits de fête. Elle préparait une bouillie de mil comme elle avait vu souvent sa grand-mère le faire. Voyant que son tout nouveau mari se montrait doux et aimable, elle retrouva vite sa bonne humeur et se mit à chanter à tue-tête en s'activant auprès du foyer. Ils mangèrent de bon appétit.

Le soir venu, l'homme offrit à la princesse sa natte à l'intérieur de la case. Quant à lui, il se coucha sur le sol près de la palissade d'herbes tressées et il s'endormit heureux, en regardant les étoiles.

Le lendemain, au lever du soleil, lorsqu'il ouvrit les yeux, plus d'étoiles, mais la face sinistre du sculpteur. Une foule vêtue de noir et armée de lances l'entourait. Une rumeur grondait, de plus en plus forte : « Voleur ! Voleur ! Que la honte soit sur toi ! » Accusé d'avoir dérobé la lumière, la propre fille du roi, il fut traîné sans ménagement jusqu'au village où on l'enferma dans un sombre cachot. Le roi fit battre tambour pour annoncer l'exécution du traître le soir même.

Dans sa prison où n'entrait pas le jour, l'homme au cœur pur sentait tout courage l'abandonner. Il se recroquevilla dans un coin, la tête entre les genoux, et se mit à pleurer toutes les larmes de son corps. Soudain, du sol noir et humide surgit un gigantesque serpent blanc.

— Sèche tes larmes et fais-moi confiance, je vais t'aider à vaincre ce rusé sculpteur, siffla-t-il. Il te suffit de retenir une phrase que tu diras au roi dès que tu le verras.

— Quelle phrase ? demanda l'homme.

– Le remède est le cerveau du sculpteur. Retiens-la bien, le remède est le cerveau du sculpteur.

Et il disparut comme il était venu.

Une heure plus tard, une nouvelle se répandit comme une traînée de poudre dans le village. Le malheur avait frappé la jeune princesse. On l'avait retrouvée étendue sur le sol, inanimée, et tous les efforts déployés pour lui faire reprendre conscience avaient été inutiles. Elle avait une trace de morsure au pied droit. Une vieille femme affirmait avoir vu s'enfuir un serpent blanc aussi grand qu'une montagne.

Ce fut un si grand deuil dans le royaume que le roi en oublia son prisonnier. Dans tout le village, sur des autels de pierre, on déposa des offrandes de bouillie de mil et de sang de poulet destinées aux ancêtres. On frictionna la jeune fille avec des herbes cueillies dans la brousse et des morceaux de noix de cola, les femmes dansèrent près d'elle des nuits entières au son du tam-tam. On fit venir les guérisseurs, qui invoquèrent les puissances obscures par leurs incantations et leurs chants secrets. On fit venir les marabouts, qui fabriquèrent des talismans de cuir et les glissèrent sous ses vêtements.

On lui frotta le corps avec des dents de lion et des bracelets en poil d'éléphant.

On demanda aux griots s'ils se souvenaient de cas semblables, mais ils n'en connaissaient pas. On fit venir le devin, qui lança des cauris en l'air, étudia la façon dont ils retombaient, mais ne put en tirer aucune conclusion.

Le roi décida enfin de procéder à l'exécution. Il se rendit au cachot et, dans son désespoir, demanda à l'homme au cœur pur :

– Crois-tu que ta mort pourra rendre ma fille à la vie ?

– Non, sire, mais je connais le remède. C'est le cerveau du sculpteur.

Le roi ordonna alors d'aller chercher ce maudit sculpteur et de lui ouvrir le crâne. Ainsi fut fait. On le fendit en deux comme une figue mûre et on arracha son cerveau, qui était aussi sombre que son âme.

Le roi le saisit et le tendit à l'homme, qui s'agenouilla près de la princesse et se mit à l'en frotter doucement. Elle ouvrit les yeux et lui sourit.

L'homme repartit vivre dans la brousse avec sa jeune épouse. Sa vie fut simple et ses enfants eurent le cœur pur.

Ils ont retenu le conseil de leur père :

Ne laissez pas l'envie vous mordre le cœur car qui tend un piège risque fort de tomber dedans lui-même.

Tabey le Lièvre, Koro l'Hyène et le Baobab

En Afrique, quand le monde en était à son début, les gens parlaient aux animaux et aux arbres.

En pays Songhaï, il y a de gros baobabs, de moins gros, et de très petits baobabs. Certains ont de grosses branches. Il est presque impossible d'y monter. D'autres ont un joli feuillage qui donne une belle ombre.

Tout passant est obligé de s'y reposer et souvent il emporte des feuilles à la maison. Les feuilles servent à faire une sauce excellente et spéciale qui s'appelle *mitigua*. Cette sauce se fait de moins en moins aujourd'hui.

Un jour, Tabey le Lièvre effectua un long voyage. À son retour, il s'assit au pied d'un baobab qui n'était pas comme les autres baobabs.

Après s'être bien reposé, il dit :
– Oh Baobab ! Comme ton ombre est agréable !

Et le Baobab lui parla :
– Oui étranger, mon ombre est agréable. Veux-tu goûter mes feuilles ?

Tabey le Lièvre mâcha les feuilles et les avala.

— Mais, dis donc, Baobab, tes feuilles sont délicieuses !

Ainsi, le Baobab invita Tabey à goûter son fruit, qu'il ne cessa d'apprécier à tout moment. Mais une chose bizarre arriva : le tronc du Baobab s'ouvrit et qu'est-ce qu'il vit ? De la nourriture, des habits de fête, des bijoux, etc.

— Entre, fais ton choix, Tabey !

Je vous laisse imaginer ce que fit Tabey le Lièvre : il devint le plus beau du village et alla trouver Koro l'Hyène. Cette dernière hurla de jalousie, en vint à le menacer et dit :

— Où as-tu trouvé cette richesse ?

Le Lièvre fut obligé de répondre à sa demande et lui expliqua la chose.

— Euh... tu vois le Baobab qui est là-bas. Et puis tu t'assois et... le Baobab va te parler et enfin tu verras que...

— Bon, arrête, j'ai compris !

En fait, Koro l'Hyène disait avoir compris mais au fond elle n'avait rien compris.

Elle s'en alla voir le Baobab.

À son arrivée, tout se passa très bien jusqu'au moment où le Baobab ouvrit son tronc.

— Viens faire ton choix, étrangère.

Koro l'Hyène dit :

— Non, cher Baobab, je ne te demande qu'une chose.

— Laquelle ?

— Pose-toi sur mon dos afin que je t'emmène jusqu'à mon domicile !

Je crois que je n'ai pas besoin de vous dire pourquoi l'Hyène exigeait cela. Le Baobab obéit.

Il se posa de toute sa masse sur le dos de l'Hyène avec ses branches, ses racines. Le dos de l'Hyène se voûta. Elle gémit, cria.

Elle allait être écrasée, quand le Baobab eut pitié d'elle et reprit sa place en terre.

Koro regagna son logis, le dos presque brisé.

C'est depuis ce jour que notre amie Koro l'Hyène a le dos tordu.

Selon le dicton
Plus on en a, plus on en veut.

Il y a une sagesse qui dit :
Mieux vaut avoir peu et respecter Dieu que de posséder une grande fortune et être dominé par l'inquiétude.

Le marabout et ses trois épouses

Près de Tolagho, un village retiré du nord-est du Burkina Faso, vivait Hamidou, un sage marabout respecté de tous.
Hamidou élevait un troupeau de chèvres qui prospérait de jour en jour. Quand le troupeau eut atteint 300 têtes, il décida de s'installer à l'écart du village. Il construisit de ses mains une case pour lui, une pour chacune de ses femmes et un enclos gigantesque pour son troupeau.
  Hamidou avait trois femmes.

  Mouniratou était calme et mesurée. Elle respectait Hamidou et ne faisait rien sans lui demander son avis. Lorsqu'ils s'étaient mariés, elle avait à peine 15 ans. Elle était alors naïve et puérile. Elle adorait jouer avec ses sœurs et la séparation avait été très dure. Elle avait troqué avec courage ses jeux d'enfant contre ses responsabilités de femme mariée.
  Très vite, elle s'acquitta consciencieusement des tâches ménagères qui lui incombaient. Hamidou n'eut jamais à se plaindre d'elle. Au fil des années, elle avait mûri et accompagnait désormais Hamidou dans toutes ses décisions importantes.

Aïssata était plus rêveuse, elle aurait voulu vivre en ville, travailler dans un commerce pour gagner son salaire et s'acheter de beaux vêtements. Au début de son mariage, elle pestait du matin au soir contre cette vie qu'elle consacrait au ménage de la famille. Elle avait même cherché à s'enfuir, elle était prête à affronter seule et sans argent les dangers de la ville. Hamidou l'avait rattrapée à la sortie du village. Au lieu de la frapper comme l'auraient fait la plupart des hommes qu'elle connaissait, ils s'étaient assis à l'ombre d'un arbre et avaient parlé longuement. Il lui avait dit combien ses sentiments étaient sincères et combien il aimait sa présence près de lui. Il avait su trouver les mots qui avaient parlé droit au cœur d'Aïssata.

Elle avait accepté de rentrer mais avait posé une condition : à chaque pleine lune, ils viendraient sous cet arbre pour parler encore de leurs rêves et de leurs sentiments et, une fois par an, ils feraient ensemble le voyage de Kaya pour qu'Aïssata goûte aux plaisirs de la ville. Depuis 30 ans qu'ils étaient mariés, ils n'avaient manqué aucun de ces rendez-vous.

Salamata était espiègle, c'était la plus jeune des trois femmes d'Hamidou. Après Aïssata, Hamidou pensait ne plus se marier. Mais quand il avait rencontré Salamata, il avait été conquis par ses yeux rieurs, son air angélique et mutin. Très vite après le mariage, Salamata s'imposa comme la plus effrontée des trois ; elle ne se gênait pas pour contredire Hamidou, pour le critiquer ou imposer ses envies.

Ainsi, petit à petit, elle s'était éloignée des travaux domestiques pour travailler avec lui auprès du troupeau. Hamidou la regardait du haut de son grand âge. Elle l'amusait. Il lui enviait sa fraîcheur et sa candeur. Il savait bien qu'elle obtenait de lui tout ce qu'elle voulait. Mais la voir heureuse le ravissait.

Aussi faisait-il de son mieux pour la satisfaire. Et elle le lui rendait bien.

Ce jour-là, comme tous les vendredis, Hamidou s'était rendu à la mosquée en compagnie de ses trois épouses. Chaque semaine, c'était le même rituel. Toute la famille se levait très tôt. Hamidou aimait à se préparer soigneusement pour ce rendez-vous avec Dieu. Il prenait le temps de choisir des vêtements sobres pour aller dans le lieu saint. Il s'assurait que chacune de ses femmes apportait autant de soin à son apparence.

Comme chaque semaine, ils prirent le chemin du village en silence, les uns derrière les autres : Hamidou en tête, déjà plongé dans le recueillement, suivi de Mouniratou, très concentrée elle aussi, puis d'Aïssata, un peu boudeuse dans son pagne aux couleurs vives.

Salamata, enfin, fermait la marche en chantonnant. Elle ne perdait rien de ce qui se passait autour d'elle.

Leur traversée du village ne passa pas inaperçue. Leur recueillement et leur assiduité faisaient l'admiration de tous et personne n'osait les aborder. De sorte qu'ils ne s'éternisaient jamais. À la fin de la cérémonie, ils repartaient dans le même ordre et le même silence.

Ce vendredi-là, comme tous les autres, ils étaient repartis à peine la cérémonie terminée. Il faisait très chaud et le soleil était déjà haut dans le ciel. Hamidou marchait lentement sur le chemin du retour. De plus en plus lentement d'ailleurs. Mouniratou, qui le suivait de près, crut qu'il était encore plongé dans ses prières et n'osa pas l'interrompre. Aïssata, elle, savourait ce temps hors de la maison et traînait en souriant. Seule Salamata s'inquiéta de le voir avec si peu d'entrain. Lorsqu'il s'écroula, elle se précipita vers lui alors que les deux autres restèrent un moment interdites. Elle eut beau le secouer, elle ne parvint pas à le réveiller.

Mouniratou, désespérée, se mit à hurler :

— Mais que t'arrive-t-il ? Qu'est-ce que tu fais ? Tu n'es pas sérieux ? Tu ne vas pas me laisser ? Je ne pourrais pas vivre sans toi ! Je ne peux même pas te voir allongé par terre comme ça. Je n'ai qu'une seule chose à faire : mourir pour te rejoindre au plus vite.

En courant et hurlant, elle s'enfonça dans la brousse. Aïssata s'effondra auprès du corps d'Hamidou :

– Tu ne peux pas me quitter maintenant, tu ne peux pas me laisser seule dans ce village ! Comment veux-tu que je continue sans toi ? Ce n'est pas possible, je ne ferai pas un pas sans toi.

Elle sortit son éventail de sa poche. C'était un grand éventail de nacre fine qu'elle avait acheté lors de leur dernière escapade en ville. Elle s'assit près du corps et se mit à l'éventer tout en pleurant :

– Je ne veux pas que l'on te fasse du mal, je ne veux pas que l'on t'abîme. Moi vivante, aucun animal ne t'approchera pour te détruire. Je resterai à tes côtés et je finirai ma vie près de toi.

Salamata, elle, ne versa pas une larme :

– Ce n'est pas le moment, le chagrin viendra quand nous nous retrouverons seules à la maison. Pour le moment, il faut bouger. Nous ne pouvons pas le laisser là, étendu par terre sans rien faire. Nous lui devons bien ça, après tout ce qu'il a fait pour nous. Il a droit à une sépulture décente. Je retourne au village, je trouverai bien quelques hommes qui viendront nous aider pour l'enterrer.

Elle jeta un coup d'œil dédaigneux à Aïssata qui était désormais totalement prostrée et qui éventait mécaniquement le corps d'Hamidou.

Elle partit en courant vers le village.

Pendant ce temps, dans la brousse, quand elle eut marché et pleuré pendant des heures, Mouniratou s'appuya contre un arbre pour reprendre son souffle avant de repartir dans sa course effrénée vers la mort. Elle était si fatiguée qu'elle crut rêver lorsqu'elle sentit une douce brise l'envelopper. Elle sourit à ce moment de fraîcheur apaisante.

Une silhouette se dessina à travers ses larmes. Dans un premier temps, elle n'y prêta pas attention. Elle était absorbée par cette douceur venue de nulle part qui lui apportait un tel agrément, après des années passées sous un soleil de plomb.

– Peut-être que la mort ressemble à ça, se dit-elle.

Elle était prête à se laisser envelopper dans ce nouveau bien-être et à se laisser totalement aller à cette fraîcheur délicate. L'image, cependant, se fit plus précise. Un turban bleu, une djellaba claire et un regard perçant finirent de la tirer de sa rêverie.

– Eh bien, dit le génie, car Mouniratou ne le savait pas encore mais elle avait rencontré un génie, tu en mets du temps à répondre. Ça fait trois fois que je te demande si tout va bien et, toi, tu restes plantée contre ton arbre avec un sourire niais sur le visage. Pour la dernière fois ma fille, est-ce que tout va bien ?

— Oh mon brave, je profitais à l'instant d'une fine brise légère. C'est le seul événement agréable de cette journée. Mon cher époux vient de s'éteindre. Comme ça, sans un mot, sur le chemin du retour de la mosquée. Il m'est impossible de lui survivre une seule journée. Mon cœur saigne tant que bientôt il s'arrêtera de battre et que je le rejoindrai dans la vie de l'au-delà.

— Ne crois-tu pas que tu as encore des choses à accomplir ici-bas ?

— Et quoi donc ? Ma vie, je la lui ai dédiée du jour où nous nous sommes mariés. Pas un jour où nous ne nous sommes quittés, pas un repas où il n'a pas mangé ce que j'ai préparé, pas une seule journée où nous ne nous sommes pas consultés. Et tu voudrais que je continue sans lui ? Mais pour quoi faire ? Nourrir ses femmes et leurs enfants alors qu'il ne sera plus là ?

— Et s'il revenait ? Trouverais-tu goût à la vie ?

— Ah ça, ce serait la plus belle chose qui puisse arriver. Je donnerais même ma vie pour lui rendre la sienne. Hélas, ce que Dieu ordonne, nul homme ne peut le défaire. Et son départ ne peut être autre chose que le signe du mien.

— Nul homme, certes, répondit le génie, mais moi peut-être. Tel que tu me vois devant toi, je suis un génie de la forêt. Nous ne sommes que quelques-uns à vivre encore près de Tolagho. Je peux, si je le veux, rendre la vie à un homme. Mais à cela il y a une condition incontournable : que personne ne l'ait touché après son dernier soupir.

— Viens vite, s'écria la femme en se mettant debout, il est là, allongé sur la route ! Elles sont sans doute allées chercher de l'aide au village pour l'ensevelir. Il nous faut le rejoindre avant elles.

Sans un mot de plus, elle reprit sa course folle, vers la vie cette fois. À ses trousses, le génie tout frêle eut toutes les peines du monde à la suivre. Malgré les larmes qui avaient brouillé sa vue durant tout le voyage, elle retrouva sans encombre son chemin dans la brousse et en quelques minutes amena le génie près du corps de son mari. À ses côtés, ils retrouvèrent Aïssata toujours assise par terre, se balançant d'arrière en avant, son éventail à la main qui battait l'air d'un mouvement dérisoire.

Lorsqu'elle fut sur elle, Mouniratou l'agrippa aux épaules et la secoua violemment :

— Écoute bien, Aïssata, je ramène avec moi un génie bienfaisant qui se dit capable de redonner vie à notre bien-aimé. Peux-tu nous assurer que personne ne l'a touché depuis qu'il est trépassé ?

– Je n'ai pas bougé, rien ne l'a approché sans que je ne me sois interposée. Pas une mouche, pas un nomade, pas même une feuille de neemier. Rien ni personne ne l'a touché.

Au même moment, Salamata arrivait de Tolagho avec tous les hommes encore vêtus de leurs habits pour la mosquée. En apprenant la mort de Hamidou, ils s'étaient tous précipités pour aider Salamata et rendre hommage au sage homme. Ils dévisagèrent le génie mais devant les regards suppliants d'Aïssata et de Mouniratou, n'osèrent pas poser de question et continuèrent à l'observer.

Le génie s'approcha du corps, leur demanda de reculer pour le laisser libre de ses mouvements. Il sortit de son sac des rubans jaunes qu'il noua aux orteils d'Hamidou. Il recouvrit ensuite son corps d'une étoffe grise lumineuse. Il trouva dans les environs des fleurs de neemier, d'oranger et de citronnier. Il en fit un bouquet odorant qu'il promena à quelques millimètres du corps en prenant garde de ne pas le toucher.

Il récitait, les yeux fermés, des incantations venues du plus profond. Peu à peu les sons qui sortaient de sa gorge se faisaient plus lourds, plus intenses. Il fut pris de transe et dansa de longues minutes autour du corps.

Soudain, il s'immobilisa et se tut. Autour, le silence se fit comme si toute la brousse était aux aguets. Il prit délicatement les bords de l'étoffe et d'un coup sec découvrit le corps. Rien ne semblait bouger aux alentours. Il promena son bouquet odorant sous le nez d'Hamidou.

Et le miracle se fit...

Dans un silence absolu, Hamidou éternua trois fois, ouvrit les yeux et se releva à demi. Il regarda le génie immobile devant lui puis aperçut ses trois femmes à quelques pas. Elles avaient blêmi sous l'effet de la surprise et n'osaient plus bouger.

Quand il eut repris ses esprits, Hamidou regarda autour de lui d'un air étonné. À voir le regard de ceux qui l'entouraient, on pouvait se demander qui étaient les plus surpris. Les habitants de la région avaient bien entendu parler d'un génie puissant qui pouvait vous ramener à la vie, mais personne n'y croyait vraiment. Or ils venaient d'assister à ce miracle et n'en revenaient pas.

Hamidou se leva finalement, vérifia que ses membres fonctionnaient correctement. On aurait dit qu'il réapprenait à marcher, à se tenir debout. Il se prit la tête entre les mains et regarda successivement chacune de ses femmes :

— Mais qu'est-ce qui m'arrive ? Je me souviens d'un trou noir dans lequel je flottais, d'un très grand bien-être comme si mon corps ne pesait plus. Et puis, plus rien... Jusqu'à voir vos visages devant moi. Est-ce que je suis encore vivant ou sommes-nous tous morts ?

Mouniratou lui répondit à travers ses larmes :

– Mais non, tu es bien vivant, nous avons trouvé ce génie-là qui est allé te rechercher au fin fond des ténèbres. Je ne peux pas y croire. Il y a deux minutes, tu étais tout mort et te voilà à nouveau debout...

Elle pleurait sans savoir si c'était la peine ressentie, la joie de le retrouver ou la tension nerveuse qui déclenchait le flot de larmes.

Le génie, qui jusque-là n'avait rien dit, s'approcha d'Hamidou. Il prit le ton grave de celui qui a le droit de vie ou de mort :

– Hamidou, ce que tu viens de vivre est exceptionnel. Seuls quelques grands hommes reconnus pour leur honnêteté et leur dévotion ont cet honneur. Tu revis parce que l'au-delà estime que ton temps sur Terre a été trop court, que tu mérites de porter encore la parole de la droiture. Cependant, à cela, il y a une condition incontournable : ta vie te sera rendue, mais pour l'équilibre de cette terre, une vie doit la quitter. Une de tes femmes doit prendre ta place dans l'au-delà. À toi de me dire laquelle et je repartirai avec elle sur-le-champ.

Hamidou le regardait comme s'il ne comprenait pas. Le silence se fit autour d'eux.

Les femmes restaient immobiles. Elles savaient que l'instant était grave. Elles hésitaient entre confiance et inquiétude. Hamidou marchait maintenant de long en large, le regard rivé au sol. Il n'osait plus regarder personne, le poids du choix courbait ses épaules.

– Mouniratou, tu m'accompagnes depuis toutes ces années sans jamais te plaindre. Tu es partie dans la forêt pour trouver la mort et m'accompagner dans mon dernier voyage. Et tu as trouvé ce génie qui me redonne vie. Est-ce qu'il serait juste de t'envoyer à la mort alors que tu m'as fait revivre ? Aïssata, tu t'es sacrifiée pour rester avec moi. Tu as oublié tes rêves de vie confortable à la ville pour rester près de moi dans ce village que j'aime tant. Tu étais prête à mourir de faim et de soif pour rester avec moi et préserver mon corps. Est-ce qu'il serait juste de t'envoyer à la mort alors que tu m'as tout sacrifié ? Aurais-je le cœur de te demander ce sacrifice ultime ? Salamata, mon insoumise, ma fleur de liberté. Tu m'as apporté tant de bonheur et de fraîcheur. Tu m'as secondé dans les travaux des champs lorsque le grand âge m'a attrapé. Tu es retournée au village pour m'offrir une sépulture décente. Tu es l'avenir de cette famille, avec toi la continuation de mon œuvre est assurée. Est-ce qu'il serait juste de t'envoyer à la mort alors que tu as encore si peu vécu ? Devrais-je sacrifier à ma vie la promesse d'un avenir pour ce que j'ai construit ? Mes femmes, chacune à votre manière, vous m'avez apporté beaucoup de bonheur. Je me rends compte dans cet instant tragique que sans vous ma vie aurait été beaucoup plus difficile. Serait-il juste de priver l'une de vous de vie pour que je puisse continuer la mienne ?

L'émotion était à son comble. Tous retenaient leurs larmes et leur souffle. Ils imaginaient à quel point la décision que devait prendre Hamidou était difficile.

Mouniratou parla la première :
– Prends ma vie, elle n'est rien au regard de ta grandeur.

Aïssata s'approcha à son tour :
– Tu sais combien ma vie ici n'a de sens que si tu es là avec moi, prends ma vie et tu me soulageras.

Salamata, elle, s'approcha d'un air renfrogné :
– Tu as raison, ce n'est pas juste. Ma vie en échange de la tienne. Tu es le maître, tu peux le faire, mais vraiment je trouve cela injuste.

Hamidou les regarda une à une. Il respira un grand coup et reprit la parole :
– Tu as raison, tout cela est injuste. Je ne supporterai pas de vivre au prix de la vie de l'une d'entre vous. Je te remercie, génie, de m'avoir accordé ce supplément de vie pour dire

à chacune de mes femmes combien elle compte pour moi, pour les remercier de tout ce qu'elles m'ont donné. Mais il est temps pour moi d'accomplir mon destin. C'était mon heure, pas celle de mes femmes. Je repars donc serein vers l'au-delà, le cœur en paix et certain de l'amour des miens.

Il s'allongea à nouveau. Le génie, sans un mot, le recouvrit de l'étoffe grise lumineuse. Peu à peu, sa respiration s'arrêta...

Une grande cérémonie fut organisée à Tolagho pour ses funérailles. Son histoire fit le tour du pays et de partout arrivèrent des gens qui voulaient rendre hommage à une telle grandeur d'âme.

Aujourd'hui encore, l'histoire d'Hamidou se transmet de génération en génération et personne n'oublie l'homme qui préféra perdre la vie plutôt que de prendre celle d'une de ses femmes.

Le champ de haricots

Il était une fois un homme qui possédait un champ où il n'avait semé que du haricot. Pourquoi seulement du haricot ?
Celui qui m'a conté cette histoire s'est bien gardé de m'éclairer à ce sujet. Je suppose tout simplement que si son paysan avait planté des fèves ou des lentilles par exemple, en plus du haricot, ce qui devait arriver ne se serait pas produit.
Et vous ne seriez pas là installés près de l'arbre, à attendre avec moi ce qui va arriver.

L'homme attendit trois jours et il s'en alla voir son champ. Il trouva la terre revêtue de tiges rampantes qui s'enroulaient abondamment, et constata en y regardant de plus près que les graines étaient mûres à point.
— Au bout de trois jours, mon haricot est déjà sorti ! s'exclama-t-il, incrédule.
— Il n'y a pas de quoi s'étonner, puisque tu as planté les meilleurs grains de ta précédente récolte et que tu es le meilleur sélectionneur de la région. N'es-tu pas justement récompensé de ton mérite ? lui objecta une voix qui semblait provenir de dessous l'épais tapis de feuilles de haricots.

C'était une voix aussi douce qu'un matin de mois d'août.

En entendant ce discours, l'homme prit ses jambes à son cou, abandonnant sur place sa houe et sa calebasse d'arrosage.

Dans sa fuite, il croisa un autre paysan de son village, qui portait sur sa moto une magnifique botte de mil. Cet homme-là ne plantait que le mil et il obtenait le meilleur de la région.

— Hé, l'ami, que t'arrive-t-il, pour que tu passes en courant près de moi sans me saluer ? Ne veux-tu pas savoir si ma récolte est bonne et me raconter comment va ta femme ?

Quand l'homme aux haricots parleurs eut raconté sa récolte miraculeuse, le voisin se moqua :

— Tu t'enfuis pour si peu ! Si j'étais toi, je ramasserais mes haricots sans chercher à comprendre et je recommencerais bien vite une nouvelle plantation.

Alors... écoutez bien les amis, écoutez...

De la botte de mil sortit une voix. C'était une voix aussi dorée que la lumière du midi, on aurait dit un vent tiède qui jouait sur une rivière.

Pas de quoi s'étonner, n'est-ce pas ?

Et pourtant les deux compères détalèrent comme s'ils avaient le feu au derrière et ils laissèrent en plan la belle botte de mil remplie à craquer des graines les plus succulentes de la région.

Ces voix inhabituelles ne pouvaient être que de « mauvaises voix », ils en étaient persuadés.

En arrivant dans le centre du village, ils passèrent devant l'atelier du forgeron qui était en train de chauffer du fer pour une houe, car il fabriquait les houes les plus belles de toute la région.

– Hé, les amis, arrêtez-vous donc pour me dire où vous courez si vite ! Si vous avez été témoins d'un spectacle intéressant, il faut que tous en profitent au village ! Arrêtez-vous chez moi, vous avez bien le temps de boire un verre de Sodabi !

Mais une fois mis au courant de toute l'histoire, le forgeron se moqua bien d'eux et prétendit que lui, les « voix » inconnues, il en avait l'habitude, il en entendait continûment dans le feu de sa forge.

Alors... écoutez bien les amis, écoutez...

Cette fois-là, ce fut la houe plongée en plein cœur de la forge qui se fit entendre. Sa voix était aussi vibrante qu'une tempête en colère :

– Pauvre forgeron ! Pauvre de toi ! Tu te crois meilleur que les autres ? Et maintenant, que vas-tu faire ? Hein ? Que vas-tu faire ?

Il y eut presque un ricanement, comme si la houe hésitait entre la colère et la tristesse.

C'est ainsi qu'ils se retrouvèrent tous trois embarqués dans la même panique, car c'était pour chacun ce qui jusqu'à maintenant avait le mieux assuré leur sécurité et leur modeste notoriété qui semblait se rebeller, se poser en donneur de leçon.

Ils coururent très loin, jusqu'à une maison isolée dans la forêt.

Hélas, on ne les retrouva jamais.

Seulement trois tas de défécations sèches.

Le don qu'ils avaient chacun dans son art s'était envolé avec eux, ne laissant aux autres paysans et artisans du village qu'une histoire incomplète à raconter.

Car, comment et pourquoi les plantes et l'outil se sont-ils exprimés en langage humain, ce matin-là ?

Hein ? Comment ?

Et pourquoi la végétation et le métal ne parleraient-ils pas entre eux, même lorsque l'homme n'est pas là pour les surprendre ?

Hein pourquoi ? Hein ! Pourquoi pas ?

L'histoire ne le dit pas. Si quelqu'un a la réponse et peut refaire autrement mon histoire, qu'il le fasse.

Pourquoi le crapaud chante la nuit ?

Avez-vous déjà entendu chanter les crapauds ? Ils commencent à la nuit tombée et s'endorment au petit matin. Le crapaud dont je vais vous conter l'histoire, lui, ne dormait pratiquement jamais. Il faut dire qu'il ne pensait, jour et nuit, qu'à une seule chose, et que cette chose l'empêchait de dormir.

La chose qui l'empêchait de dormir était qu'il en avait assez d'être petit, faible et que tous les animaux le méprisent et se moquent de lui, l'obligeant à vivre caché tout le jour.

Alors la nuit, quand les autres animaux dormaient, il chantait. Les paroles de sa chanson étaient toujours les mêmes :

Je suis Kouka, des animaux le roi
Mon père m'a nommé comme ça
Je suis Kouka, des animaux le roi
Le plus fort d'ici jusque là-bas.

Il chantait sur deux notes, toujours les mêmes, toute la nuit durant et, le matin, quand le coq chantait, il courait se cacher sous les herbes car tous les autres animaux qui le terrorisaient tant se réveillaient.

Ce matin-là Kouka en eut assez et il décida d'aller voir une vieille tortue magicienne qui vivait dans la forêt. Tout au long du chemin, il répétait silencieusement :

— Je veux être le plus fort de tous les animaux du monde.

Il finit par arriver chez la tortue, qui prenait son bain dans la mare.

— Bonjour à toi, vénérable magicienne...

La tortue lui coupa la parole :

— Et pourquoi veux-tu être le plus fort ?

— Je ne t'ai encore rien dit, Tortue, et tu sais déjà pourquoi je viens te voir ?

— Et pourquoi veux-tu être le plus fort ?

— J'en ai assez d'être petit, faible, et que tous les animaux me méprisent et se moquent de moi, m'obligeant à vivre caché tout le jour. Je veux que tu me fasses devenir le plus fort de tous. J'organiserai un combat contre tous les animaux de la brousse et je les vaincrai ; ainsi ils auront du respect pour moi et je pourrai me promener et chanter en plein jour.

La tortue réfléchit et lui dit qu'elle était d'accord, à une condition :

— Je peux te faire devenir le plus fort de tous les animaux mais ne me prends jamais pour adversaire, ne t'attaque jamais à moi.

Kouka était fier d'avoir si bien plaidé sa cause et d'avoir obtenu l'aide de la tortue, pourtant réputée misanthrope.

Le lendemain matin, le crapaud fit annoncer par le coq qu'il lançait un défi à la lutte à tous les animaux. Le combat aurait lieu à la prochaine lune.

Le jour dit, la tortue tint sa promesse et le crapaud sortit vainqueur contre tous. La magicienne avait assisté à la joute. Le crapaud n'eut pas le triomphe modeste et parada dans tout le village en toisant de haut les autres bêtes, meurtries et honteuses.

Son orgueil fut si grand qu'il lança à la tortue le même défi qu'aux autres, bien qu'elle lui ait demandé de ne pas la prendre pour cible.

La tortue magicienne, furieuse de l'ingratitude de son protégé, s'enroula dans sa carapace. Le crapaud n'eut plus aucune prise possible et demeura sidéré sur l'aire de combat. La tortue n'eut plus qu'à allonger une de ses puissantes mains pour le lancer dans les airs. Il tournoya plusieurs fois puis retomba dans la mare où il se brisa les pattes.

Et voilà pourquoi, depuis ce temps-là, le crapaud marche accroupi et doit rester dans l'eau qu'il partage à tout jamais avec la tortue.

Si vous êtes attentifs, vous remarquerez qu'il ne chante toujours que la nuit.

Question embarrassante

Il était une fois, dans un lointain village d'Afrique, trois jeunes hommes qui devisaient amicalement.

Ils étaient amis depuis l'enfance, avaient fait les quatre cents coups ensemble, avaient étudié tous trois auprès du vieux sage sous l'arbre à savoir, s'étaient émus pour les mêmes jeunes filles et ne s'étaient jamais quittés.

Ce soir-là, dans la lumière d'or du soleil couchant, chacun évoquait ce qu'il aurait souhaité le plus au monde...

Pour le premier des trois, toujours très attentif à son apparence, ce qu'il aurait voulu par-dessus tout, c'est pouvoir se parer des plus beaux atours du roi, de ses boubous de cérémonie rebrodés d'or, d'argent et de pierreries, recevoir ensuite les honneurs dus à ce rang prestigieux tout le long d'un jour, quitte à perdre la vie le soir même sans regret, la gorge tranchée...

Pour le deuxième, féru d'équitation et lui-même cavalier hors pair, ce qu'il aurait voulu, c'est monter le plus magnifique cheval des écuries du roi, un étalon puissant et racé, capable du pas cadencé le plus élégant qui soit, recevoir les révérences dues à ce rang prestigieux tout le long d'un jour. Le soir même, on pourrait lui prendre la vie sans regret et le pendre haut et court...

Pour le troisième, galant de renom, c'était un peu différent. Il n'avait qu'un seul et unique vœu, fort simple : passer une nuit avec la fille du roi... Au petit matin, on pourrait lui couper la tête...

Les rumeurs vont toujours bon train et le roi lui-même, dans son riche palais, apprit les souhaits secrets de nos trois compères. Magnanime et bienveillant, il ordonna à sa cour de tout mettre en œuvre pour que les trois vœux soient exaucés.

Ce qui fut dit fut fait.

Le premier garçon vécut une journée radieuse dans les habits les plus richement ornés de Sa Majesté. Le soir même, sa gorge fut tranchée net.

Le deuxième, rappelez-vous, rêvait de chevaucher la plus prestigieuse monture royale, un pur-sang anglo-arabe à la robe d'un noir luisant et aux quatre jambes délicatement chaussées de blanc neigeux. Le soir même, il fut pendu haut et court.

Quant au troisième jeune homme, souvenez-vous, il n'avait qu'une chose en tête : partager le lit de la fille du roi, quitte à se faire couper le cou le matin venu.

Son vœu fut exaucé, mais au cours de la nuit, il s'ouvrit de la situation à la princesse, lui raconta ce qui était advenu de ses amis et de ce qui l'attendait, lui aussi, à l'aurore.

Charmée par ce beau et si tendre garçon, elle décida de venir à son secours pour le sauver. Aux petites heures, elle se glissa sans bruit dans les écuries royales et s'empara d'un superbe pur-sang de son père, au nez et à la barbe des palefreniers encore profondément endormis. Ensemble, les deux amants quittèrent la ville sans se montrer.

Le jour venu, le roi en grand apparat convoqua son chambellan, ses ministres et ordonna qu'on lui amène le jeune homme pour qu'il subisse le châtiment prévu. Tous les valets, les serviteurs et les servantes eurent beau chercher, dans le palais, dans les dépendances, écuries, étables, granges et hangars, le fuyard, la princesse et le cheval restèrent introuvables.

Le souverain lança alors une poursuite effrénée, à la tête d'une nombreuse cohorte de cavaliers armés jusqu'aux dents de sabres et de coutelas.

Pendant ce temps, le garçon et sa douce aimée parvinrent au bord d'un large fleuve.

Là, vivaient un piroguier et sa fille.

Le fleuve était en rage et il fallut se rendre à l'évidence : pour apaiser la force de l'eau et tenter la traversée, le sacrifice d'une vie humaine aux éléments déchaînés était indispensable. Le garçon, fort inquiet, se retourna et vit alors, dans un nuage de poussière, la cavalerie de l'armée royale lancée à sa recherche.

Après un bref moment d'hésitation et sous le regard de braise du jeune homme, la fille du piroguier décida de sacrifier la vie de son père.

Elle se jeta sur lui et l'assassina. Puis elle en fit l'offrande au fleuve en colère, comme il était de coutume, et emmena les fuyards jusqu'à l'autre rive, sur les flots quelque peu apaisés.

Tous les trois continuèrent le périple ensemble.

Au bout de deux jours entiers de route, ils parvinrent dans un autre royaume. La règle dans cette contrée voulait que tout homme étranger réponde, sans se tromper et du premier coup, à une question très difficile et de la plus haute importance, connue de toute la lignée royale. S'il échouait, il était mis à mort... Mais s'il réussissait à donner la bonne réponse, il devenait roi à son tour et l'autre était destitué et tué.

Après un bref moment d'hésitation et sous le regard de velours du garçon, la fille du roi chuchota discrètement à son oreille la bonne réponse, trahissant ainsi toute sa famille. Et elle lui proposa de l'épouser.

On le fit interroger par les gardes... La réponse fut la bonne !

Le roi, sidéré, comprit alors qu'il allait mourir, ainsi que le voulait la loi. Il tenta de s'échapper mais fut prestement rattrapé et aussitôt mis à mort. Notre héros devint le nouveau souverain, reçut les honneurs dus à sa nouvelle charge et se prépara à commencer à gouverner. Et c'est à ce moment-là que se posa un problème épineux, très pénible et bien embarrassant : il fallait qu'il se marie et, selon la coutume de ce pays, il n'avait le droit qu'à une épouse...

Mais laquelle des trois choisir ?

Celle qui avait accepté de coucher avec lui et qui l'avait aidé dans sa fuite pour qu'on ne lui coupe pas la tête ?

La fille du piroguier, qui avait offert la vie de son père pour les faire traverser et les sauver des cavaliers ?

La princesse qui, tout en ne le connaissant pas, lui avait révélé le secret de famille, condamnant ainsi son père à mort ?

Je serais bien en peine de vous narrer ce qu'il en fut, car l'histoire ne le dit pas !

Et vous, qu'en pensez-vous ?

... À chacun sa vérité...

L'argent n'achète pas la sérénité

La parole est d'argent, mais le silence est d'or.
Contre un peu de votre or, laissez-moi un instant vous donner un peu de mon argent.
Le monde est grand, mais mon histoire est courte, écoutez-la !
Il y a, il y a, il y avait. Quand ? On ne sait, tout ça, c'est du passé !
En un certain temps donc, il y avait, dans un village, un homme très très riche. C'était un homme tellement riche qu'il ne savait plus où mettre ses richesses. Ses greniers regorgeaient de mil, ses coffres débordaient, il vivait sur ses tas d'or, n'ayant rien d'autre à faire que de veiller sur eux et de rester assis oisif, sur le seuil de sa maison. Il voyait chaque matin un homme très pauvre passer devant sa porte. Ce miséreux allait chercher du bois mort dans la brousse, il ne revenait que de longues heures après, pliant sous des fagots de bois qu'il revendait ensuite pour quelques piécettes, juste de quoi faire subsister sa famille.
Un beau soir, l'homme riche dit à l'homme pauvre :
– Pose là, un instant, tes fagots et écoute-moi. Tous les jours, je te vois passer dès l'aube

devant ma porte et revenir bien tard. Ta galère m'est insupportable, viens chaque jour chercher de l'argent pour nourrir ta famille, tu t'épargneras ainsi de la fatigue.

Et ce qui fut dit fut fait.

Le lendemain matin, l'homme pauvre se présenta devant la porte de l'homme riche, le salua et attendit :

— Combien de francs te faut-il mon gars ? demanda le riche.

— Donnez-moi une poignée de sable, cela suffira largement, dit le pauvre, narquois.

L'homme riche, sidéré, se baissa, ramassa une poignée de sable sur le sol et la donna au pauvre gars, qui continua son chemin vers la brousse pour faire ses fagots. Les choses continuèrent ainsi quelques mois sans changer. Un jour que le pauvre se présentait devant la porte, comme chaque matin, pour réclamer son dû, le riche lui jeta avec impatience :

— Écoute, mon ami, tu n'as qu'à te baisser et ramasser toi-même, tu me fatigues, pauvre type !

Le pauvre éclata de rire et dit :

— Laisse-moi gagner la vie de ma famille à la sueur de mon front, cela me donnera à manger chaque jour. Tout autre se lassera de le faire tôt ou tard. Un homme, pour être serein, doit être maître de son propre destin, pourquoi dépendre du bon vouloir d'un autre ?

La mare qui voulait devenir une rivière

Il y a longtemps, bien longtemps, se trouvait dans la forêt une jolie petite mare, qui voulait devenir une rivière. Chaque jour, les animaux venaient y boire. Exaspérée, la mare criait à tout moment :

– Cessez donc de me boire ! Vous m'empêchez de grandir et de grossir comme la rivière, qui mange tout.

En effet, en pays songhaï, il y a des rivières que hantent les génies dévorant tous les descendants maternels de Toula, jeune fille sacrifiée au génie de l'eau.

Alors, la mare mangea aussi les eaux du ciel. Elle se nourrissait des gouttes qui tombent à la saison des pluies, et enflait, enflait. Mais les animaux, en y buvant, lui gardaient sa taille modeste. En réponse à ses cris, les animaux répliquèrent :

– Nous t'aimons petite mare, tes eaux si claires et ta taille font de toi un miroir où nous nous regardons. Pourquoi veux-tu ressembler aux autres ?

Mais la mare n'écouta pas ces aimables paroles. Elle continua de se lamenter. À force de songer, elle trouva une idée. Elle regarda autour d'elle, il y avait des arbres.

– Arbres, leur dit-elle, j'ai envie de devenir grande, je nourris vos racines depuis la nuit des temps sans rien obtenir en échange. Je veux que vous étaliez vos branches pour empêcher les animaux de venir se désaltérer.

Les arbres obéirent...

La mare se tourna vers les dunes de sable fin qui l'entouraient et leur dit :

– Je veux devenir grande comme les rivières là-bas, allez-vous me rendre service ?

Elles acceptèrent et, avec l'aide du vent, commencèrent à se déplacer dans une direction qui permettrait aux eaux de la mare de couler vers le fleuve.

La mare pleurait de joie :

– Je vais devenir grande !

Elle engouffra ses eaux dans le creux entre les dunes. Au début ce fut merveilleux, mais tandis qu'elle avançait, le creux dans la forêt se vida, se tarit. Les arbres sentirent que leurs racines ne recevaient plus d'eau et ils grondèrent :

– Que fais-tu petite mare ? Nous allons mourir de soif si tu ne nous abreuves plus !

La mare ne voulait rien entendre. Elle avait d'ailleurs un autre souci, bien plus grave ! De rivière elle devenait petit ruisseau et même rigole.

Ses eaux n'étaient pas assez abondantes pour l'entraîner bien loin... Enfin, elle s'échoua dans un creux de sable, avant même d'avoir atteint le fleuve.

Les animaux autour d'elle assistèrent à sa déroute et se moquèrent :

— Tu voulais être grande, eh bien te voilà minuscule ! Tu vas même disparaître.

La petite mare dut en convenir :

À penser grand on reste petit...

Et même on peut perdre tout ce qu'on a.

Elle voulut revenir en arrière mais dut attendre que les vents remettent en place les dunes.

Quand, enfin, elle reprit sa place sous les arbres, elle se résigna à être petite mais utile à tous ses voisins.

Et l'on recommença à l'aimer.

Ruses de femmes

Une femme mariée et très belle habitait non loin de l'école coranique. Son mari, riche paysan qui allait souvent à la ville voisine vendre les produits de sa terre à de gros commerçants, était parfois absent pendant plusieurs jours.
Bien que le couple ne manquât pas de domestiques, l'épouse allait aux champs avec toutes les femmes de l'endroit et s'occupait encore de sa basse-cour dans l'enclos d'une vaste concession. Ses enfants étaient en âge d'être à l'école, pour l'instant l'école coranique, mais le père de famille avait aussi d'autres ambitions plus modernes pour sa progéniture.

Le maître d'école, un iman lui-même marié et père de famille, tomba amoureux fou de cette femme qu'il croisait parfois dans le village et dont il enseignait aux enfants. Qu'avait-elle de plus que les autres ? La beauté de son visage malicieux et intelligent, son élégance naturelle, ses formes fières et savoureuses.
Certes c'était une femme discrète, et on ne pouvait rien trouver à redire dans son comportement. Elle aimait bavarder et plaisanter avec les femmes qu'elle retrouvait aux champs, mais au village elle se tenait à

l'écart de toute compagnie inutile. Son regard était ferme, et elle montrait dans toute sa personne l'alliance accomplie de la réserve et de la beauté.

Le maître d'école ne put résister au projet de la séduire, bien qu'il craignît le mari. Il alla la trouver, la flatta, la complimenta sur ses enfants si appliqués et brillants, dont il avait tant plaisir à s'occuper tout spécialement. Il demanda même à rencontrer prochainement l'époux afin de discuter de l'orientation qui paraîtrait la plus souhaitable pour eux.

Il finit par obtenir ce qu'il voulait, car après tout, il était bel homme, point vieux, et surtout très instruit, ce qui plaisait à l'amour-propre de cette femme, peut-être quelque peu vaniteuse, ou en tout cas qui pouvait croire qu'elle servait ainsi les ambitions maritales.

Un des élèves de l'école du groupe des aînés, un jeune talibé âgé de 16 ans environ, surprit cette liaison et décida de dénoncer son maître pour son immoralité. Mais n'était-ce pas lui, une espèce de jeune prétentieux, qui manquait d'éducation et de discrétion ?

Pourtant, dès qu'il connut la réprobation de son élève, le maître persuada celui-ci de se taire et lui offrit une somme importante pour qu'il garde le secret. Allez y comprendre quelque chose dans le bien et le mal chez les adultes, constata le talibé fort perplexe, et il encaissa l'argent. Il faut dire que le mari et l'amant étaient deux personnages importants dans l'administration du village, et le jeune garçon comprenait bien que les choses présentes le dépassaient quelque peu.

Au bout de quelques jours de ce marché, notre jeune homme devint de plus en plus insatisfait. Le comportement de l'iman lui semblait contraire à l'enseignement du Coran qui veut que chacun respecte la femme d'autrui. Alors... que fallait-il en déduire ? Que signifiait vraiment ce qu'il avait appris et cru jusqu'alors ?

Perplexe et troublé, il s'arrangea pour se trouver non loin de la concession habitée par la femme à l'heure du repas de midi. Puis, quand le mari fut absent pour plusieurs jours, il s'enhardit à passer la tête dans la cour et trouva quelque prétexte pour rester là, à se remplir les yeux de cette paisible beauté qui l'envoûtait de plus en plus.

Il faut dire que ce garçon n'avait encore jamais connu de femme et il ne comprenait pas très bien lui-même ce qui l'amenait ici.

Il se mit à penser de plus en plus souvent à celle pour qui il avait reçu cet argent de son maître, femme interdite doublement, et pourtant si proche, lui semblait-il, plus proche de lui par l'âge qu'aucun des deux autres qui avaient le privilège d'être aimés d'elle. Il lui arrivait d'avoir de drôles de rêveries dans lesquelles la femme se dispersait comme une nappe de brouillard, allant de l'un à l'autre, les tiraillant capricieusement, les faisant disparaître et réapparaître ; et tout d'un coup il lui semblait se reconnaître dans l'une ou l'autre de ces formes insaisissables, il se sentait happé, enlacé, embrassé maternellement et soudain abandonné tel un pauvre enfant.

La belle finit par remarquer son admirateur ; elle fut amusée par sa jeunesse ; puis elle se sentit flattée par sa constance. Il lui vient la pensée que, maintenant, elle avait une certaine expérience ; elle se sentait pleine d'audace et de bons sentiments :

— Vraiment, cet enfant est irrésistiblement séduisant ; il brûle de passion pour moi et il ne le sait pas encore, se disait-elle en poursuivant ses occupations habituelles.

Elle l'invita, le rassura, l'apprivoisa. Elle l'introduisit dans son intimité, et alors elle lui fit tout découvrir. Très vite, elle comprit qu'il l'aimait mieux que les deux autres qui manquaient quelque peu de considération pour elle.

Ils s'accordaient bien et, malgré cela, le jeune talibé ne manquait de se sentir coupable et craintif de l'avenir pour lui et la jeune femme.

Mais avait-il des raisons de s'inquiéter ? Ne lui avait-elle pas dit dès le début :

– Ne crains rien et laisse-moi faire.
Il allait bientôt en avoir la preuve.

Un jour que la femme et l'élève étaient ensemble dans la chambre, l'iman se présenta. Il pensait les circonstances favorables du côté du mari, et il avait donc pris soin d'envoyer ses élèves travailler à ses champs sous la garde des plus âgés, dont le talibé amoureux.
Quand elle eut reconnu la voix qui l'appelait depuis la cour, la maligne souffla à son jeune amant :
– Vite, glisse-toi sous le lit et laisse-moi régler cela. Ce fut au tour de l'iman de s'installer dans le lit conjugal et de prendre possession de la femme. Alors qu'il était emporté dans ses plaisirs, on entendit la voix du mari, de retour de manière imprévue, qui se débarrassait dans la pièce d'entrée de ses affaires de voyage.

Pleine de ressources, l'épouse dit à l'iman qui commençait à s'affoler :
– Prends ce couteau et file ; sors de la maison en jouant la colère et dis cette phrase : « Il a de la chance cet ignare, ce paresseux ; s'il n'y avait pas eu ta femme pour s'interposer j'allais le tuer ; il s'est enfui jusque chez toi pour m'échapper ; mais il ne perd rien pour attendre ! »

Le mari ne comprit pas vraiment ce que faisait ce jeune étudiant dans la chambre de sa femme, mais il le libéra sans arrière-pensée.

Ainsi elle sauva l'honneur de ces trois hommes, et n'était-ce ce pas la meilleure solution ?

La femme est un puits de trahison qui ne tarit jamais. Bien fol qui l'oublie !

Remerciements

Aux amis alphabétiseurs de Koïrézéna qui ont recueilli et traduit les contes :

Harouna Guédé

Maïga Idrissa Hamma

Harouna Moussa

Maïga Abdoul Kadri

Mamoudou Hamidou

À tous les amis en France qui ont contribué à la mise en valeur des contes recueillis :

Jeanine Bastide, Dominique Benoist, Pierre Bourges, Françoise Chopin, Valérie Covarel, Marie-Jo Dulhoste, Danielle Fayet, Françoise Gambs, Véronique Garrigou, Martine Hannoun, Maurice Jeannet, Brigitte Legal-Robinet, Élisabeth Lelièvre, Jacqueline Maurice, Jacqueline Mortureux, Claire Quéro, Béatrice Rocher, Mireille Rosaz, Marie-Colette Saunion, Maguy Villechange, Nicole Yvonnet.

L'HARMATTAN, ITALIA
Via Degli Artisti 15; 10124 Torino

L'HARMATTAN HONGRIE
Könyvesbolt ; Kossuth L. u. 14-16
1053 Budapest

L'HARMATTAN BURKINA FASO
Avenue Mohamar Kadhafi (Ouaga 2000) – à 200 m du pont échangeur
12 BP 226 OUAGADOUGOU
(00226) 50 37 54 36
harmattanburkina@yahoo.fr

ESPACE L'HARMATTAN KINSHASA
Faculté des Sciences sociales,
politiques et administratives
BP243, KIN XI
Université de Kinshasa

L'HARMATTAN CONGO
67, av. E. P. Lumumba
Bât. – Congo Pharmacie (Bib. Nat.)
BP2874 Brazzaville
harmattan.congo@yahoo.fr

L'HARMATTAN GUINÉE
Almamya Rue KA 028, en face du restaurant Le Cèdre
OKB agency BP 3470 Conakry
(00224) 60 20 85 08
harmattanguinee@yahoo.fr

L'HARMATTAN CÔTE D'IVOIRE
M. Etien N'dah Ahmon
Résidence Karl / cité des arts
Abidjan-Cocody 03 BP 1588 Abidjan 03
(00225) 05 77 87 31

L'HARMATTAN MAURITANIE
Espace El Kettab du livre francophone
N° 472 avenue du Palais des Congrès
BP 316 Nouakchott
(00222) 63 25 980

L'HARMATTAN CAMEROUN
BP 11486
Face à la SNI, immeuble Don Bosco
Yaoundé
(00237) 99 76 61 66
harmattancam@yahoo.fr

L'HARMATTAN SÉNÉGAL
« Villa Rose », rue de Diourbel X G, Point E
BP 45034 Dakar FANN
(00221) 33 825 98 58 / 77 242 25 08
senharmattan@gmail.com

632744 - Décembre 2015
Achevé d'imprimer par